생의 찬가

Ode to Life

이태상 지음

사랑으로
수고하는
사람은
다 삶의 고수다

어레인보우 여섯번째

이태상

자연과 인문

CONTENTS

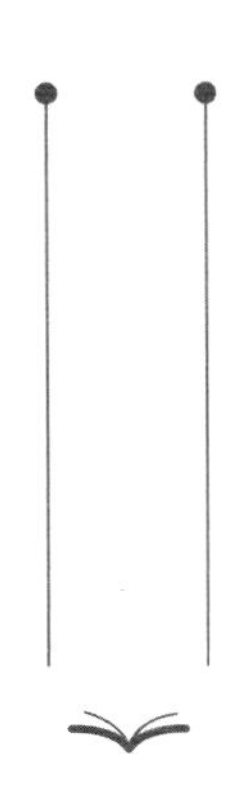

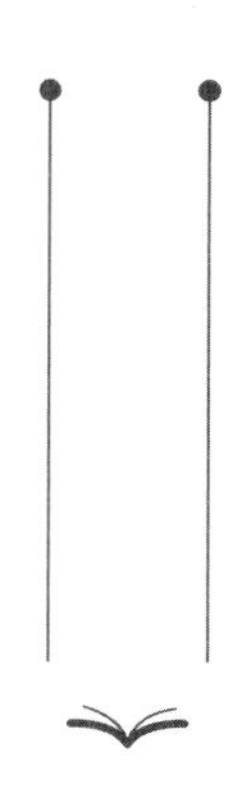

여는 글 ● 心 심고 품고 낳기 氣

차심이라는 말이 있지

찻잔을 닦지 않아 물이끼가 끼었나 했더니

차심으로 찻잔을 길들이는 거라 했지

가마 속에서 흙과 유약이 다툴 때 그릇에 잔금이 생겨요

뜨거운 찻물이 금 속을 파고들어가

그릇색이 점점 바뀌는 겁니다.

차심 박힌 그릇의 금은 병균도 막아주고

그릇을 더 단단하게 조여 준다고…….

불가마 속의 고통을 다스리는 차심,

그게 차의 마음이라는 말처럼 들렸지

이상과 같은 손택수 시인의 '차심' 부분을 인용한 후 2016년 4월 13일자 미주판 중앙일보 '시로 읽는 삶' 칼럼 '사물들의 마음'에서 조성자 시인은 이렇게 적고 있다. "한 잔의 차에도 차심이 있고, 한 송이 꽃에도 화심이 있으며, 땅엔 지심이 있다. 마음이 금을 메워 가는 과정에서 생기는 것이라면 마음이란 상당한 내구성을 가지고 있을 터이다. 사물과 잠깐만 눈을 맞춰 봐도 모든 사물에는 마음이라 칭할 수 있는 그만의 성질이 있다는 걸 알게 된다."

4월14일자 중앙일보 일간 스포츠지 '갓모닝' 칼럼 '예지몽 경험 있다면 당신도 영 능력자'에서 차길진은 또 이렇게 적고 있다. "사람의 몸은 수분이 정확히 71.5%를 차지한다. 지구도 물이 71.5%를 차지한다. 인간 몸의 경혈은 365개, 지구는 1년에 365일을 공전주기로 갖는다. 우리 몸은 하나의 작은 지구요, 우주인 셈이다. 우리 몸의 신비도 우리가 다 알지 못하듯 지구의 신비도 또한 인간이 아는데 한계가 있다."

만물의 마음을 읽기는커녕 그 억만 분의 일이라도 찰나적으로나마 엿볼 수 있는 게 '영적 능력'이라 한다면 우린 모두 영적 능력자라 할 수 있으리라. 물론 사물의 물질적인 표면에 눈이 멀지 않는다면 말이다. 흔히 우리는 매사 마음먹기에 달렸다고 한다. 하지만 마음먹는다기보다 어떤 마음心을 심느냐고 해야 하지 않을까. 왜냐하면 심는 마음이 품는 마음이 되고 품는 마음이 만물을 낳는 마음이 될 테니까. 아름다운 마음을 심고 품어야 아름다운 우주를 창조할 수 있지 않으랴. 이렇게 마음 심기, 품기, 낳기의 '기氣'는 아무런 형체도 없지만 언제 어디에서나 우주에 가득 차 있어 자유자재로 구름처럼 떠돌다가 비도 되고 바람도 되며 수많은 별들이 되는 게 아니던가. 모든 일과 모든 것을 가능케 하는, 우리가 볼 수도 들을 수도 만질 수도 없는 기氣를 숨, 생명이라고도 하고 영혼이라고도 하며 가장 아름다운 말인 '사랑'이라고 부르는 것이리라.

저자 **이 태 상**

서울대학교 문리과대학 종교학과 졸업
런던대학에서 철학과 법학 수학
The Korea Herald/The Korea Times 기자
합동통신사 해외부 기자
미국출판사 Prentice-Hall 한국/영국 대표
뉴욕주 법원행정처 별정직공무원 법정통역관
덕해서관(한국古書 및 출판물 해외수출업) 경영
미주판 세계일보칼럼 '人間萬事' '가슴뛰는대로 살자' 연재
미주판 조선일보칼럼 '아빠가 딸에게 주는 편지' 연재

저서

- 해아야, 코스모스바다로 가자
- 우리가슴 뛰는 대로 – 내 마음은 바다
- 우리가슴 뛰는 대로 – 내 마음은 코스모스
- 어레인보우
- 코스모스 칸타타 – 한 구도자의 우주여행(영문판)
  Cosmos Cantata : A Seeker's Cosmic Journey
- 코스미안 어레인보우
- 무지코
- 어레인보우 칸타타
- 어레인보우① 무지코 칸타타
- 어레인보우② 그러니까 사랑이다
- 어레인보우③ 사랑이 아니고 사상이다
- 어레인보우④ 꿈꾸다 죽거라
- 어레인보우⑤ 가슴은 사랑으로 채워라

역서

- 반항의 정신
- 골짜기의 요정들
- 예언자
- 뒤바뀐 몸과 머리

Ode

to

Life

모든 靈感영감은 사랑에서 뜨는 무지개

미국의 심리학자 앤더스 에릭슨Anders Ericsson은 수 십 년간의 연구조사를 통해 ‘10,000 시간’ 법칙을 세워 노력의 중요성을 강조해왔다. 무슨 일이든 성취해 성공 하려면 최소한 10,000 시간을 들여 그 일에 전심전력해야 한다는 말로, 영어 속담에도 있듯이 ‘연습이 완벽을 기한다.Practice makes perfect.’는 뜻이다. 우리말에도 ‘구슬이 서 말이라도 꿰어야 보배’라고 하지 않나. 하지만 노력보다 훨씬 더 절대적으로 중요한 것은 ‘영감靈感’이다. 영감 없이 쏟는 노력은 도로徒勞에 그치고 만다. 이 영감이란 단어는 영어로 ‘inspiration’이라 하는데 라틴어인 ‘inspirare’에서 유래한 말로 ‘숨을 불어넣는다.to breathe into.’란 의미이다. 예부터 부지불식간에 시도 때도 없이 불현듯 생각이 떠오르는 게 마치 어디선가 한 줄기 신선한 돌풍이 느닷없이 불어오듯 말이다. 그런데 이런 영감이란 우리 머리와 가슴이 그 어떤 선입관과 편견이나 고정관념 또는 욕심으로 가득 차 있지 않고 텅 비어 있을 때에라야 생길 수 있는 신비로운 현상인 것 같다.

아, 그래서 미국의 유명한 컨트리 음악 가수 '지미 딘Jimmy Dean, the country music singer'도 이렇게 말했다. "바람이 부는 방향을 바꿀 수는 없어도 내 돛을 언제나 내 목적지에 도착할 수 있도록 맞출 수는 있다. I can't change the direction of the wind, but I can adjust my sails to always reach my destination." 그리고 미국의 시각, 청각 중복 장애인으로서 작가, 교육자 이자 사회주의 운동가로 활약했던 '헬렌 켈러Helen Keller'도 또 이렇게 말했다. "세상에서 제일 좋고 아름다운 것들은 볼 수도 만질 수도 없다. 가슴으로 느껴야만 한다. The best and most beautiful things in the world cannot be seen or even touched. they must be felt with the heart." 또 미국의 흑인 여류 시인 '마야 엔저로우Maya Angelou'는 이렇게 역설한다. "누군가의 구름에 하나의 무지개가 되도록 노력하라. Try to be a rainbow in someone's cloud."

그 뿐만 아니라 이런 말도 있지 않나. "우리의 삶이란 우리가 놓치는 것들까지를 포함한 수많은 기회들로 정의되고 한정

된다. Our lives are defined by opportunities, even the ones we miss." 그런데 미국의 발명왕 '토마스 에디슨Thomas Edison'은 말한다. "대부분의 사람들이 기회를 놓치는 건 그 기회가 작업복을 입고 있거나, 일처럼 보이기 때문이다. Opportunity is missed by most people because it is dressed in overalls and looks like work." 그런가 하면 또 이런 말도 있다. "우리가 겪게 되는 대부분의 문제들은 우리가 생각 없이 행동하거나 아니면 생각만 하고 행동하지 않기 때문이다. Most of our problems are because we act without thinking or we keep thinking without acting." 그러나 더 심각한 문젯거리들은 우리가 그 어떤 영감이나 사랑도 못 느끼면서 로봇같이 기계적으로 노력하거나 마지못해 억지 쓰듯 습관적으로 사는 삶이 아닐까. 우리 셰익스피어의 '베니스의 상인'에 나오는 다음과 같은 한 구절 음미해보자.

> 제 안에 음악이 없는 인간,
> 감미로운 음의 선율에도 감동할 줄 모르고,
> 배신과 계략과 약탈만 일삼는다.
> 그의 정신력은 밤처럼 아둔하고
> 그의 감성은 에레부스처럼 캄캄하다.
> 그런 사람을 믿지 마라.
> 음악을 기리라.

The man that hath no music in himself,

Nor is not moved with concord of sweet sounds,

Is fit for treasons, stratagems, and spoils;

The motions of his spirit are dull as night,

And his affections dark as Erebus.

Let no such man be trusted.

Mark the music.

아, 너도 나도 우리 삶은 음악이 되어라! 그러자면 우리 삶에 사랑이 있어야 하리라. 그리고 모든 영감이란 사랑에서 뜨는 무지개이리.

실은 삶 자체가 自覺夢자각몽이다

요즘 미국에서 일반 대화나 글에서도 많이 사용되는 'thing' 이라는 단어가 있다. 구체적으로 물리적인 물체뿐만 아니라 추상적인 사안 등 모든 사물에 두루 사용되고 있다. 예로 "The thing is"이나 "Here's the thing"이라 할 때, 이를 우리말로 하자면 "실은~"이 될 것이다. 생각 좀 해보면 우리 세상살이와 인생살이에 있어 문제는 물론 그 해답도 단 한 가지 일 수 없지 않을까. 실제로 있었던 일인지 아니면 누가 지어낸 얘기인지는 몰라도 어떤 회사 입사 시험문제에 다음과 같은 문제가 출제되었다.

당신은 거센 폭풍우가 몰아치는 밤길에 운전을 하고 있습니다. 마침, 버스 정류장을 지나치는데 그곳에는 세 사람이 있습니다. 당신은 단 한 명만 차에 태울 수 있습니다. 어떤 사람을 태우겠습니까? 선택 후 설명하세요.

1. 죽어가고 있는 듯한 할머니
2. 당신의 생명을 구해준 의사
3. 당신이 꿈에 그리던 이상형

당신은 죽어가는 할머니를 태워 그의 목숨을 우선 구할 수 있을 것이고, 의사를 태워 은혜를 갚을 수도 있습니다. 그러나 이 기회를 놓치고 나면 정말로 꿈에 그리던 이상형을 다시는 만나지 못할 수도 있습니다. 2백 명의 경쟁자를 제치고, 최종적으로 채용된 사람이 써낸 답은, 더는 설명이 필요 없는 명답, 그는 이렇게 답했습니다.

"의사 선생님께 차 키를 드리죠, 할머니를 병원에 모셔 가도록, 그리고 난 내 이상형과 함께 버스를 기다릴 겁니다."

이런 임기응변의 발상은 영어로 resourceful 하다고 하는데 이 단어를 직역하면 자원이 풍부하다는 뜻으로 만사에 만 가지 방법으로 대응하고 대처한다는 말이다. 이런 응용성을 발휘하려면 머리는 고정관념이나 선입견 또는 편견으로 가득 차 있지 않고 비어 있어야 하며, 가슴은 욕심이 아닌 사랑으로 가득 차 있어야만 하지 않을까. 이상의 명답을 가리켜 '일석삼조一石三鳥'라 할 수 있을지 모르겠다. 여러 가지 업무와 작업을 동시에 수행하는 걸 영어로는 multi-tasking이라 하는데 특히 유능한 사람들의 자질로 간주되고 있다. 그 비근한 예가 빌 클린턴 전 미국 대통령이다. 대통령 재임 시 백악관에서 하반신으로는 젊은 아가씨 인턴과 사랑을 즐기면서 상반신으로는 전화기를 잡고 다른 정치인들이나 각료들과 국사를 의논했다지 않나! 가끔씩 우리는 제약을 뿌리쳐 벗어버림으로써 더 많은 것을 얻을 수도 있다. 내가 가지고 있는 틀을 깨고 생각하기를 시작하면, 기대 이상의 좋은 결과를 얻을 수가 있다. 일단, 틀을 깨면 폭이 넓어지고 그만큼 큰 결과를 얻을 수가 있고, 그 결과로 인해 많은 사람들을 행복하게 할 수가 있다. 그럼 우리는 어떻게 무엇으로 틀을 깰 수가 있을까? 틀을 깨는데 필요한 건 높은 지능지수 IQ가 아니고 깊은 감성지수 EQ로 폭 넓은 사고력과 깊은 이해심에서 나보다 모든 사람을 생각하고 사랑하는 데서 비롯되는 것이리라. 그 좋은 예를 하나 들어보자.

최근 미국 유타 주의 한 빈민가 식당에서 일곱 가족의 식사

비를 대신 내고 유유히 사라진 남성이 화제다. 소셜미디어에서 '미지의 남성The Mystery Man'으로 불린 의문의 주인공이 한 언론과 인터뷰를 했다. KRIV에 따르면 이 남성은 4월 초 유타에 있는 대중 간이식당 데니스Denny's에서 식사를 한 뒤 총 2,521달러를 지불했다. 자신의 식사대는 단 21달러다. 1,000달러는 다른 테이블에서 식사 중이던 사람들의 음식 값이었다. 서빙을 한 직원에게도 1,500달러에 달하는 팁을 줬다. 그는 2시간 동안 사람들이 음식을 맛있게 먹는 모습을 보고 앉아 있다가 신원을 밝히지 않은 채 떠났다. 그러나 이렇게 거액의 팁을 받은 직원이 이 남성의 사진을 찍어 페이스북에 올리면서 미담은 급속도로 퍼져나갔다. 페이스북 게시물에는 '좋아요Like'를 39만개 이상 받았으며 17만 5,000번의 공유를 기록했다.

"나는 홀어머니 밑에서 매우 가난하게 자랐다. 집이 없어 어머니 친구 집을 전전했다. 그래서 어머니 친구 분들의 도움이 너무 감사했다. 그럼에도 나는 폭행을 일삼다 감옥에도 갔고, 많은 문제를 일으킨 청소년이었다. 운이 좋게도 어른이 되어서 성공한 사업가가 됐다. 이제는 받았던 도움을 돌려줄 때라고 생각했다."

팁을 받은 직원은 자신이 집이 없어 복지 시설을 전전하는

홈리스였었는데 "1,500달러로 당분간 지낼 곳을 마련했다. 눈물 나게 고맙다. 당시 식사를 했던 일곱 가족들도 형편이 어려운 사람들이었다."고 페이스북에 썼다. 그 영문 일부만 옮겨본다.

> *"Today I met an angel. You came into a Denny's I work at in Utah. You asked me, 'Can I have a waitress who is a single mother?' I thought it was very odd, but I sat you in Crystal's section. You sat there for 2 hours just watching people. 7 families came in and ate while you were there and you paid every one of their bills, over $1,000 you paid for people you didn't even know. I asked, Why did you do that? You simply said, Family is everything. I've lost all mine."*

"가족이 전부다. Family is everything. 난 내 가족을 다 잃었다. I've lost all mine."는 이 사람이야말로 제 소小가족을 잃는 대신 제 대大가족인 인류라는 '인간가족'을 찾아 얻었음에 틀림없다. 이런 사랑은 '인간가족'에만 국한되지 않고 우주 만물에 적용되는 것이리라. 매년 5,000마일을 멀다 하지 않고, 생명의 은인을 만나기 위해 찾아오는 펭귄이 있어 화제다. 2011년 브라질 리우

데자네이루에 있는 작은 섬 해안에서 기름투성이가 되어 굶주린 채 죽어가던 마젤란 펭귄 한 마리를 '주앙 페레이라 드 수자' 씨가 발견하여, 깃털에 달라붙어 있는 검은 타르를 정성껏 닦아주고 물고기를 잡아 먹여 살렸던 것이다. 11개월을 함께 지낸 어느 날, 딘딤Dindim이란 이름의 이 펭귄은 돌연 모습을 감추었고, 다시는 볼 수 없으리라 생각했다. 그러나 딘딤은 해마다 6월이 되면 할아버지를 찾아와서 8개월을 같이 지낸 후 번식기인 2월이 되면 아르헨티나나 칠레로 돌아간다. 할아버지는 딘딤을 자신의 친자식처럼 사랑하며, 딘딤도 할아버지를 좋아한단다.

서양에선 20세기 초엽부터 꿈을 연구하는 과학자들의 관심을 끌어 온 'lucid dream'이란 말이 있다. 자신이 꿈을 꾸고 있다는 사실을 잘 알면서 꾸는 꿈을 뜻하는데 우리말로는 자각몽自覺夢이 되겠다. 우리가 밤에 자면서 꾸는 꿈뿐만 아니라 잠에서 깨어나 사는 우리 하루하루의 삶 자체가 자각몽이라 할 수 있다면 우리가 아무 것, 아무 일에도 너무 집착하거나 심각할 필요가 전혀 없으리라. 다만 내가 만나 접촉하게 되는 모든 사물과 사람을 통해 만인과 만물을 아니 나 자신을 가슴 저리고 아프게 죽도록 미치도록 사랑할 뿐이어라.

우리 삶
자체가
기업이고
모험이며
탐험이다.

Bored by 'Yes' Inspired by 'No'. 이 영문을 우리말로 직역하자면, '예'는 권태를, '아니오'는 영감을 준다고 해석이 가능하다. 의역하자면 순경順境은 흥興을 깨고 기氣를 죽이지만 역경逆境은 흥과 기를 돋운다고 할 수 있다. 그 실례를 하나 들어보자. 2016년 4월 17일자 뉴욕타임스와의 인터뷰에서 고객 서비스 테크놀로지customer service technology 제공 업체인 '메달리아Medallia'의 공동 창업자이며 회장인 에이미 프레스먼Amy Pressman이 하는 다음과 같은 말을 경청해보자.

"고등학교 시절 내 목표는 좋은 대학에 진학하는 게 전부였다. 하지만 입학통지를 받는 순간 내 안에서 휴식기간이 필요하다는 소리가 들렸다. 방향감각도 없이 내 전공과목을 자주 바꾸면서 탐색의 시간을 보내느라 솔직히 나는 방황하고 있었다. 그러다 2학년에 올라가 휴학하자 목줄에서 풀린 기분이었다. 수도 워싱턴D.C. 지역의 극빈자 무료변호사 일을 도왔지만 무급이라 아이리쉬 팝의 종업원 웨이트러스로 일하다가 복학했으나 전보다는 좀 덜했어도 여전히 방향설정을 못하고 있었다. 대학을 졸업하자 '평화봉사단The Peace Corps'에 들어가 온두라스에 파견되어 비즈니스로 부富를 창출할 수 있다면 얼마나 가난한 사람들을 위해 좋은 일을 많이 할 수 있겠는지를 절실히 깨닫고, 비즈니스를 해야겠다고 결심하고 나는 미국으로 돌아왔다. 나한테는 언제나 기업가 기질이 있었나 보다. 10년 전쯤 이런 말을 듣고 전적으로 공명 공감할 수 있었으니 말이다.

기업가란 '아니오'라는 말에 발동이 걸리는 사람이다. '아니오'란 말을 들을 때마다 난 생각해요. 이 문제를 풀 방법과 길이 있을 거라고. 난 정말로 '아니오'에 흥분하고 '예'에 싫증나고 권태를 느껴 흥미를 잃게 되지요. 실패나 또는 심지어 불완전에 대한 두려움이 당신을 억제하고 제어하지 못하도록 해야 합니다. 세상을 우리가 어떤 렌즈를 통해 바라보느냐가 문제이며 어떠한 경우에도 '예'가 사태를 0%나 100% 컨트롤 할 수 없습니다. 얼마만큼 컨트롤 할 수 있든, 설혹 5%만 컨트롤 할 수밖에 없다 해도, 당신은 이 5% 가능성을 최대한으로 이용할 필요가 있습니다.

삶이란 일이 내게 생기느냐 아니면 내가 일을 만들어 삶을 사느냐, 내가 이 사태의 주인공이 되느냐 아니면 희생자가 되느냐이다."

자, 그럼 우리 비즈니스 사업 얘기 좀 해보자. 요즘 한국에선 젊은이들은 젊은이들대로 취직난으로, '사오정' 이라고 중장년들은 '조퇴'다 '명퇴'다 해서 너도 나도 비즈니스를 해보겠다고 사업에 뛰어든다지만 그 성패를 결정하는 것은 그 방향과 정신에 있지 않을까. 쿠바의 영웅적인 국민 시인으로 추앙 받는 호세 마르티Jose Marti(1853-1895)도 "자주독립은 형식적인 변화가 아닌 정신변화의 문제이다.The problem of independence is not a change in form but a change in spirit"라고 했다. 그 한 예로 천편일률적으로 뻔하고 단조롭기 짝이 없는 포르노 산업에서 전무후무하게 대 히트를 쳤던 린다 러브레이스Linda Lovelace의 경우를 보자. 무명 배우였던 그녀가 포르노 영화 '목구멍 깊숙이Deep Throat'에 캐스팅되면서, 여성의 음핵 클리토리스clitoris가 목구멍 안쪽에 있다는 것을 알게 된 여주인공이 성적 권태를 극복하고 삶의 쾌락과 활력을 얻어가는 과정을 그린 이 영화는 기발하게 색다른 시나리오와 새로운 캐릭터로 70년대의 문화적 성감대를 자극하며 시대적인 센세이셔널한 사건으로 뉴욕타임스에 리뷰가 실리기도 했다. 제작비 2만 5천 달러를 투자한 이 영화는 6억 달러의 수익을 거뒀고, 린다는 할리우드 스타를 무색케 하는 인기를 누리면서 플레이보이, 에스콰이어 등 다양한 잡지의 인기 모델로 활약했다.

사업이 아니고 직장 생활에 있어서도 오늘날엔 평생직장은 옛말이고, 밀레니얼 세대는 대학 문을 나선 이후 첫 10년간 직장을 최소한 평균 4번 바꾼다고 한다. 네트워킹 사이트인 링크드인이 최근 새로 내놓은 조사결과에 따르면 요즘 대학졸업생들은 단순히 일자리만 바꾸는 것이 아니라 완전히 다른 업종으로 옮겨가곤 한다. 밀레니얼들은 고속승진을 원하는데 이를 가능케 하는 가장 빠른 방법이 직장교체다. 직장교체는 승진과 봉급인상을 동시에 가져다준다. 링크드인은 한 회사에 계속 머물 경우 연간 봉급인상률은 1~3%가 고작이지만 직장을 옮기면 보통 15%의 인상을 기대할 수 있다고 지적했다. 경기침체로 대학졸업자들의 취업이 어려워진 것도 직장이동이 잦아진 중요한 원인 중 하나로 꼽힌다. 원하는 직장을 잡기 힘들어지자 일단 아무 곳이나 들어가고 보자는 심리가 발동했다는 분석이다.

어떻든 우리 모두의 삶 자체가 기업이고 모험이며 탐험이라면 뭘 두려워하고 망설이랴. 우리는 용감무쌍하게 하루하루 순간순간을 살아볼 일이다. 생생한 드라마 한 편 한 편을 찍듯이 우리는 모두가 최고의 인생 스타가 될 수 있으리라. 최근 드라마 한 편으로 최고의 한류 스타가 된 송중기가 한 인터뷰에서 가장 기억에 남는 대사라고 밝혔듯이 우리도 이렇게 말할 수 있도록 말이다. “내가 강모연에게 ‘졌다고 생각하지 맙시다. 어차피 내가 더 좋아하니까’라고 말하는 장면이 나왔다. 그 대사가 매력적으로 느껴졌다. ‘그 어려운 걸 제가 해냈습니다.’라는 대사도 기억에 남는 것 같다. 이 대사가 여러 번 나왔는데, 여러 가지 감정으로 설정해 놓으니까 같은 대사여도 다르게 들리더라.”

우리 삶 자체가 진정한 기업이고 모험이며 탐험이라면 이런 삶의 목적이 뭘 얻는 게 아니라 우리가 각자의 생명과 받아온 수많은 선물들을 아낌없이 베푸는 것이리라. 마종기 시인의 ‘과수원에서’ 한 구절 되새겨보자.

나는 너무 많은 것을 그냥 받았다

땅은 내게 많은 것을 그냥 주었다

이제 가지에 달린 열매를 너에게 준다.

남에게 줄 수 있는 이 기쁨도 그냥 받은 것

땅에서, 하늘에서, 주위의 모두에게서

나는 너무 많은 것을 그냥 받았다

만고의 진리를 명쾌하게 밝힌 어느 글 하나도 우리 같이 숙고해보자.

一切唯心造

사장은 힘들어도 견디지만

직원은 힘들면 사표 낸다.

연인은 불쾌하면 헤어지지만

부부는 불쾌해도 참고 산다.

원인은 한 가지 일에 대한

책임감과 압력이다.

수영할 줄 모르는 사람은
수영장 바꾼다고 해결 안 되고,
일하기 싫은 사람은 직장을
바꾼다고 해결이 안 되며,

건강을 모르는 사람은
비싼 약을 먹는다고 병이 낫는 게 아니고,

사랑을 모르는 사람은
상대를 바꾼다고 행복해 지는 게 아니다.

모든 문제의 근원은 내 자신이다.

내가 좋아하는 사람도 내 자신이고,
내가 사랑하는 사람도 내 자신이며,
내가 싫어하는 사람도 내 자신이다.
내가 변하지 않고는 아무것도 변하는 게 없다.

내 인생은 내가 만든다.
내가 빛이 나면, 내 인생은 화려하고,
내가 사랑하면, 내 인생은 행복이 넘치며,

내가 유쾌하면, 내 인생엔 웃음꽃이 필 것이다.

매일 똑같이

원망하고, 시기하고, 미워하면,

내 인생은 지옥이 될 것이다.

내 마음이 있는 곳에

내 인생이 있고, 내 행복이 있다.

화내도 하루, 웃어도 하루

어차피 주어진 시간은 똑같은 하루

기왕이면

불평 대신에 감사를!

부정 대신에 긍정을!

절망 대신에 희망을!

자유롭고 허허롭게 살다 돌아가리

2016년 4월 25일자 미주판 중앙일보 문학산책 칼럼 '완장, 그 참을 수 없는 가벼움'에서 김은자 시인은 "문학의 매력 중 빼놓을 수 없는 것이 해학이다. 해학은 꼬집고 비꼬는 풍자와는 달리 모순이나 결함까지도 연민의 정으로 바라보며 웃음으로 수정해 준다."고 쓰고 있다.

완장이란 단어를 사전에서 찾아보면 '신분이나 지위를 나타내기 위해 팔에 두르는 표장'이라고 쓰여 있다. 뜻을 설명하는 두 개의 예화는 이렇게 적혀 있다.

(1) 완장을 두른 안내원은 호루라기를 휙휙 불고 있었다.

(출처 : 김원일, 노을)

(2) 손가락으로 건드려도 넘어지게 생긴 허약한 녀석일지라도 반장 완장만 찼다 하면 백팔십도로 달라져서 으레 남들을 호령하는가 하면

(출처: 윤흥길, 완장)

두 예화를 읽으며 나는 쿡, 웃음이 터졌다. 참을 수 없는 가벼움이여. 완장만 차면 달라지는 것이 인간이던가? 코미디가 따로 없다.

아직까지도 화석화된 역사적인 유물처럼 북한이나 중국, 러시아, 영국, 미국, 바티칸 등 지구촌 곳곳에 '완장'을 두른 왕족, 귀족, 교황, 성직자들이 있다. 하늘과 땅의 '아버지'들의 희미한 그림자가 남아 있지만, 다행스럽게도 '영웅' 중심의 메시아주의는 저물고 있다. 오민석 시인의 말을 빌리자면 "영웅 중심 서사시의 시대는 끝났다." 21세기 현대는 영웅과 메시아의 시대가 아니라 다중多衆multitude의 시대란 말이다. 더 이상 상명하달 식의 소통이란 있을 수 없다는 얘기다.

한국의 지난 총선은 물론 미국의 대선 예비경선만 보더라도 그렇지 않은가. 민주당의 경우, 8개월 전만 해도 버몬트 주

의 무소속 연방 상원의원으로 전국적으로는 무명의 민주적 사회주의자 버니 샌더스가 민주당 경선에 뛰어들어 확고한 대선 주자 힐러리 클린턴을 위협했었다. 힐러리는 막강한 자본을 움직이는 월가와 거액 기부자들 수퍼팩의 지원과 집권당의 모든 조직을 총동원했지만 버니는 자신의 메시지에 열광하는 소액의 풀뿌리 젊은 층의 후원으로 선거자금을 모았었다. 힐러리는 막강한 영향력을 행사하는 로비조직 이스라엘 공공정책 위원회AIPAC총회에 참석해서 친이스라엘 노선을 천명 했으나, 버니는 자신이 유대계 출신이면서도 팔레스타인에서 보이고 있는 이스라엘의 잘못을 지적하고 이스라엘 공공정책위원회를 멀리 했다.

진정코 민심이 천심이라면, 하루속히 1%가 모든 자원을 독점해 99%를 착취하는 시대가 가고, 만민이 평등하고 평화롭게 사는 세상이 오기를 우리가 희망한다면, 우리 각자가 나부터 샌더스처럼 소신껏 행동하는 삶을 살아야 하리라. 시대착오적으로 마치 하늘에서 뚝 떨어지거나 땅에서 툭 솟아오르는 영웅이나 구세주 메시아가 나타나기를 허망하게 기다리기만 할 것이 아니라 우리 각자 한 사람 한 사람이 스스로의 영웅과 메시아가 돼야 하리라. 그러자면 뭣보다 우리 스스로의 본질부터 파악해야 하지 않을까. 불교에서도 세상에 변하지 않는 게 없어 태어나고 죽는 생사조차도 이 변화의 과정이라고 제행무상諸行無常이라 하지 않던가. 그래서 장자도 죽음을 기氣가 모였다 흩어지는 것이라며 그의 아내가 죽었을 때 그는 꽹과리를 치며 노래를 불렀다지 않나. 어째서 곡은 아니 하고 노래를 부르느냐고 친구가 나무라자 아내가 온 곳으로 다시 돌아가는데 뭐가 슬프냐고 오히려 그는 친구를 나무랐단다. 이렇게 우리 모두의 본질이 기氣라는 것을 우리가 깨닫게 된다면 우린 아무 것에도 어느 누구에게도 애착심을 갖고 집착하거나 공연한 욕심을 부릴 필요도 없이 마냥 자유롭고 허허롭게 살다 돌아갈 수가 있으리라. 우리 허용회 시인의 '색즉시공, 제행무상'을 음미해보자

광막한 남빛 하늘가에
유유히 노닐던 양떼구름이
바람에 흩날리어 가뭇없이 사라졌다

흔적 없는 양떼구름은
기억 저편의 할배 할매의 모습

보이지 않던 그리움이
솔솔, 가슴속에서 화롯불처럼 피어오른다.

신념과 열정, 초심을 잃지 말자

원점은 초심으로 돌아간다는 뜻으로, 영어로는 'getting to zero'라 한다. 어떤 분야를 막론하고 크게 성공해 명성과 부와 권력을 얻었을 때 애초에 성공의 불씨가 되었던 비전과 신념과 열정을 잃고 타락 하거나 정체되고 침체되었다가 그 불씨를 되살려내기 위해 원점, 초심으로 돌아간다는 말이다. 이렇게 분발하면 그 더욱 일진월보日進月步하겠지만 그러지 못할 땐 영원히 추락하고 마는 것이리라. 더 바람직하기는 잠시라도 초심을 잃지 않고 그 초심으로 끝까지 일로매진一路邁進하는 것이리라. 그 한 예를 들어보자.

미국에 벤&제리Ben&Jerry라는 아이스크림 업체가 있는데 지난 1월 말 '버니의 열망Bernie's Yearning'이라는 신제품을 내놓았다. 상업적 목적이 아니고 민주당 대선 후보 버니 샌더스 지원을 위한 한시적 제품이다. 그 내용물은 아이스크림 위를 초콜릿으로 덮어, 초콜릿은 상위 1%의 부유층을, 아이스크림은 나머지 99%를 의미한다. 먼저 초콜릿을 부숴야 아이스크림을 먹을 수 있다는 점을 강조한 것이다. "금융위기 이후 소득의 대부분을 상위 1%가 차지하고 있다"는 샌더스의 주장을 담고 있는 것이다. 이 기발한 제품의 등장 배경에는 샌더스의 열렬한 지지자로 이 회사의 공동 창업자인 벤 코헨Ben Cohen과 제리 그린필드Jerry Greenfield가 있다. 지금은 경영 일선에서 물러났지만 현역 시절 '사람이 이윤보다 먼저'라는 경영원칙으로 기업의 존재 가치와 사회적 책임을 강조했다. 그리고 이들은 이런 신념을 과감히 실천에 옮겼다. 내 이윤만 챙기는 다른 기업들과 달리 매년 수익의 7.5%를 사회에 환원하고 직원들의 임금도 올려, 사내에서 가장 임금을 적게 받는 직원도 최소 연방 최저임금의 배로, 그리고 최고연봉자와 최저연봉자의 격차가 5배 이상 되지 않도록 했다.

최근 벤&제리 트위터에 게재된 한 장의 사진이 화제였다. 벤과 제리가 경찰에 체포된 장면이었다. 두 사람은 미국의 수도 워싱톤DC 에서 열린 '돈 정치' 규탄 시위에 참가했다가 수갑을 차게 된 것이다. 시위대의 구호는 '돈 정치를 몰아내자'였다. 정가로 흘러 들어가는 막대한 로비자금이 정치 부패를 초래한다는 주장이다. 이를 막기 위해서는 가진 자가 아닌 국민에게 정치권력을 돌려줘야 한다는 거다. 체포된 두 사람은 다른 사람들과 마찬가지로 경찰서에 4시간 동안 구금됐다 풀려났고 다음날 50달러의 벌금을 납부했다. 그런데 두 사람은 초범이 아니었다. 불법시위로 체포된 것이 벤은 이번이 세 번째고 제리는 두 번째였다. 이라크 전쟁 반대와 수단의 민간인 학살 규탄 시위에 참가했다가 붙잡힌 전력이 있다. 하지만 이들은 당당했다. 수갑 찬 다른 기업인들의 단골 메뉴인 공금유용이나 뇌물제공, 탈세 등의 협의와는 차원이 달랐기 때문이다. 왜 시위에 참가했냐는 질문에 60대 중반의 이 두 사람은 주저없이 한 목소리로 대답한다. "아무리 법이라도 그 법이 부당한 악법이면 이에 항의하는 것이 당연하다." 악법도 법이라며 독배를 든 소크라테스의 스승이 될 만하지 않은가! 편안한 은퇴생활 대신 자신이 옳다고 믿는 가치를 신념 것 열정적으로 행동에 옮기는 멋진 삶이다. 우리 김주완 시인의 시 '디딤돌' 한 구절 같이 음미해보자.

저 방, 들고 나는 자

누구든

나를 밟고 드나드시라

나는 침묵하는 받듦이니

참으로

밟을 자만 밟을 것이라

여기에 오민석 시인은 이렇게 주註를 단다. "세계 안에 존재한다(세계 내 존재)는 것은 타자와 함께 존재하는 것을 의미한다. 나는 타자와의 관계 속에서 규정된다. 시인은 자신을 '디딤돌'이라 정의한다. 말없이 타자들을 '받듦'으로 디딤돌은 비로소 존재의 의미와 이유를 갖는다. 그러나 '참으로 밟을 자만 밟을 것'이라는 조건은 받듦의 대상에도 선별이 있다는 것을 보여준다. 함부로 밟을 일이 아니다."

아울러 우리 어떤 이가 옮긴 묵자墨子(BC479~381)의 가르침도 새겨 들어보자.

다섯 개의 송곳이 있다면 이들 중 가장 뾰족한 것이 반드시 무디어질 것이며 다섯 개의 칼이 있다면 이들 중 가장 날카로운 것이 반드시 먼저 닳을 것이다. 맛있는 샘물이 먼저 마르고 쭉 벋은 나무가 먼저 잘리며 신령스런 거북이 먼저 불에 지져지고 신령스런 뱀이 먼저 햇볕에 말려진다. 그러므로 비간이 죽음을 당한 것은 그가 용감했기 때문이며 서시가 물에 빠져죽은 것은 그가 아름답기 때문이며 오기가 몸을 망친 것은 그가 일을 잘했기 때문이다. 그러므로 너무 성하면 지키기 어렵다고 한 것이다. 뛰어난 목수가 길을 가다 큰 상수리나무를 보았으나 그냥 지나쳤다. 그 상수리나무는 수천마리의 소를 가릴 정도로 컸고 굵기는 백 아름이나 되었다. 배를 만들어도 수십 척을 만들 수 있을 정도였다. 목수의 수제자가 의아해서 물었다. "이처럼 훌륭한 재목을 보고도 거들떠보지도 않고 가시는 까닭이 무엇입니까?" 묵자는 답했다. "그 나무는 쓸모가 없다. 배를 만들면 가라앉고 널을 짜면 곧 썩으며 문을 만들면 진이 흐르고 기둥을 만들면 좀이 생긴다. 그래서 아무 소용도 없는 나무라 저토록 장수할 수 있는 거야"

결국 그 큰 상수리나무는 인간에게 쓸모없음을 쓸모로 삼아서 천수를 누린 것이다. 인간에게 쓸모 있는 능력들을 겉으로 드러나지 않고 무용으로 안에 감추어 두는 것, 그것이 진정 마음을 비우는 것이다. 천수를 다하는 것이다. 그릇은 내부가 비어 있기 때문에 음식을 담아 쓸 수 있고 방은 벽으로 둘러쳐진 중앙이 비어 있음으로 해서 기거할 수 있다. 이와 마찬가지로 걸음을 걸을 때도 우리가 밟지 않는 곳에 땅이 있기 때문에 안심하고 걸을 수 있는 것이다. 만약 우리가 밟고 지나갈 자리에만 땅이 있다고 한다면 어지럽고 두려워 한 걸음도 떼어놓지 못할 것이다. 모든 것에는 정작 쓰이는 것보다 쓰이지 않는 것이 있어 진정 쓰임을 다하는 것이 많다. 그래서 정말 마음을 비운다면 그릇처럼 텅 비어 있어야 한다. 행여 자신이 그릇을 만드는 흙이라도, 굽는 불이라도 되고자 한다면 그것은 마음을 비운 것이 아니다. 그렇게 완전히 마음을 비워야만 쓰임이 있고 자신도 천수를 누릴 수 있을 것이다.

우린 모두 살아 숨 쉬는 책이다

'태양의 후예' 송중기가 최근 정 · 재계 여성 리더들의 모임 '미래회 바자회'에 그의 애장도서인 '아이처럼 행복하라'를 기부했는데 그 책의 판매가 급증하고 있다는 반가운 소식이다. 이 책 제목만으로도 행복하지 못한 모든 어른들에게 너무도 절실한 메시지가 아닌가. 독서 인구는 준다는데도 수많은 책이 계속 출간되고 있지만 어떤 책이 읽히는 것일까. 그 해답을 JTBC '톡투유-걱정말아요 그대' MC 김제동이 내 놓고 있는 것 같다. 우리 사회에서 엑스트라 취급 받고 사는 사람들이 끽소리 내는 프로그램 진행 1주년을 앞두고 가진 인터뷰에서 좋은 방송이 뭐냐고 묻자 김제동은 "재미만 있으면 허무하고, 의

미만 있으면 지루하다. 원래 주인공인 사람들을 자기 자리로 돌려놓는 일"이라고 설명했다.

지난 4월 23일은 셰익스피어와 세르반테스가 죽은 지 400년이 되는 날이었다. 유네스코는 이 날을 '세계 책의 날'로 정해 기리고 있다. 신神과 내세 중심이던 내러티브를 인간의 현세로 초점을 맞추기 시작한 대표적인 서양의 작가가 셰익스피어와 세르반테스라고 할 수 있으리라. 셰익스피어 작품의 주인공들이 주로 왕족이나 귀족이었다면, 성경 다음으로 널리 번역되고 2002년 노벨 연구소가 세계 주요 문인들을 상대로 한 여론 조사에서 '가장 위대한 책' 1위로 뽑힌 '돈키호테'는 다들 알다시피 어린 아이도 이해할 수 있는 편력 기사인 돈키호테와 하인인 산초 판사가 함께 하는 수많은 모험 이야기를 통해 겉모습과 그 실체, 현실과 이상, 존재와 당위 같은 인간의 근본적인 문제에 대해 수수께끼 같은 질문을 던지고 있다. 우리 세르반테스가 하는 다음과 같은 말을 심사숙고해보자.

"너무 정신이 멀쩡한 거야말로 미친 것인지 모를 일이다. 미친 일 중에 가장 미친 일이란 살아야 할 삶이 아닌 주어진 삶을 있는 그대로 사는 일이다. Too much sanity may be madness and the maddest of all, to see life as it is and not as it should be."

그럼 살아야 할 삶이란 어떤 삶일까. 생각해 볼 것도 없이 아이처럼 행복하게 사는 삶이 아니랴! 다시 말해 돈키호테처럼 살아보기가 아닐까. 1605년 이 소설이 나오자마자 큰 인기를 얻었고 당시 스페인 국왕 펠리페 3세는 길가에서 책을 들고 울고 웃는 사람을 보고 “저 자는 미친 게 아니라면 돈키호테를 읽고 있는 게 틀림없다”고 말했다는 일화가 전해오고 있다. 2014년 12월 ‘돈키호테’ 1, 2권을 5년 넘게 매달린 끝에 모두 1,600쪽이 넘는 우리말 번역서로 완역한 안영옥 고려대 서어서문학과 교수는 한 인터뷰에서 이런 말을 했다. “우리는 흔히 엉뚱한 괴짜나 황당한 사람을 두고 돈키호테 같다고 하지요. 하지만 몰라서 하는 말입니다. 돈키호테 원작을 제대로 읽고 나면 생각이 달라질 수밖에 없어요. 처음엔 낄낄대며 웃지만, 마지막 장을 덮고 나면 울게 되는 책이지요. 데카르트는 ‘생각한다, 고로 존재한다’고 했지만, 돈키호테는 ‘행동한다, 고로 존재한다’고 말합니다. 돈키호테가 풍차를 거인으로 보고 돌진하고, 양떼를 군대로 보고 싸우는데 그가 싸운 괴물의 정체는 당시 스페인의 억압적인 정치 종교 체제입니다. 주인공을 광인으로 설정한 것도 검열이나 법적 구속에서 자유롭기 위한 장치였다고 볼 수 있습니다. 또 웃음으로 모든 권위를 해체시킬 수 있었습니다.”

이 번역서 마지막 부분에는 돈키호테가 죽고 난 후 그의 묘비명이 나온다.

"그 용기가 하늘을 찌른 강인한 이달고 이곳에 잠드노라. 죽음이 죽음으로도 그의 목숨을 이기지 못했음을 깨닫노라. 그는 온 세상을 하찮게 여겼으니, 세상은 그가 무서워 떨었노라. 그런 시절 그의 운명은 그가 미쳐 살다가 정신 들어 죽었음을 보증하노라."

안 교수는 돈키호테 2권 423번 각주에 이렇게 써 놨다. "돈키호테가 미쳐서 살다가 제정신을 찾고 죽었다는 것을 이야기하고 있는 이 대목은 우리에게 심오한 삶의 교훈을 준다. 이성의 논리 속에서 이해관계를 따지며 사는 것이 옳은 삶인지, 아니면 진정 우리가 꿈꾸는 것을, 그것이 불가능한 꿈이라 할지라도 실현시키고자 하는 것이 옳은 삶인지를 말이다." 아, 모든 아이는 돈키호테로 태어나는 거라면 우리 모두 각자대로 돈키호테의 삶을 살아 볼 꺼나. 우린 모두 살아 움직이는, 재미도 있고 의미도 있는 삶의, 책이니까.

사랑으로 수고하는 사람은 다 삶의 고수다

'딜버트the Dilbert comic strip' 풍자만화가이자 설득화법 전문 저술가 스콧 애덤스Scott Adams는 진작부터 앞을 내다 봤다. "도널드 트럼프는 설득력에 있어 지구상 최고다. 이런 독보적인 능력이 있기에 그는 공화당 대선후보로 지명될 것이며, 11월 본선에서도 기록적인 압승을 거둬 백악관에 입성할 것이다." 스콧 애덤스의 명언 한두 마디 음미해보자.

"창조성이란 자신에게 실수를 허용하는 거다. 그 실수 가운데 어떤 걸 챙길 것인지를 아는 게 예술이다.Creativity is allowing yourself to make mistakes. Art is knowing which ones to keep.", "엔지니어들은 문제 풀기를

좋아한다. 주변에 풀 문제가 없으면 그들은 자신들의 문제들을 만들어 낸다. Engineers like to solve problems. If there are no problems handily available, they will create their own problems."

1990년대 스콧 애덤스가 주창한 '딜버트 원칙The Dilbert principle'이란 것이 있다. 회사들은 직원 중에서 가장 유능치 못한 사람들을 경영진에 승진시키는데 그들이 회사에 끼칠 수 있는 손해를 제한하기 위해서이란다. 우리말로 풀이하자면 반풍수가 집안 망치고 선무당이 사람 잡지 못하게 하기 위해서다. 2016년 4월 28일자 미주판 중앙일보 칼럼 '동서교차로'에서 이기희 윈드화랑 대표겸 작가는 다음과 같이 '고수와 반풍수'를 정의한다.

"명풍수가 되기 위해선 산山공부에 10년, 혈穴을 깨우치는데 30년 정도의 수련을 거쳐야 법안法眼이 열리게 된다. 풍수는 범안凡眼-법안法眼-도안道眼-신안神眼의 경지를 거쳐야 고수가 된다. 대자연의 오묘함에 대하여 겸손하게 묵상해 볼 수 있는 혜안이 열린 사람이 풍수지리의 고수가 된다. 패혈이나 과맥처-수맥처-풍기처-음기처, 풍수의 이치나 산의 배합을 안다 해도 사람의 도리를 알지 못하면 반풍수에 불과하다. 예술가란 이름을 하루 세끼 밥공기로 저울질하는 자는 허공에

헛발길질 하는 선무당에 불과하다. 인생의 고수자리는 아무에게나 오지 않는다. 한계를 극복한 사람, 경계를 넘은 자, 목숨 바쳐 한길을 파고든 사람들을 전문가 혹은 고수라 부른다. 스스로 이름 붙이지 않고 타인을 위해 혼신을 바쳐 정진한 사람, 멀리 보고 바로 보는 지혜를 습득한 사람들이 진정한 고수고 달인이다."

자, 이제 우리 이태진 시인의 '뒤에 서는 아이'를 생각해 보자. 그리고 여기에 백인덕 시인이 토를 단 것을 생각해 보자.

줄을 서면 늘 뒤에 서는 아이가 있었다.
앞에 서는 것이 습관이 되지 않아서인지
뒤에만 서는 아이는 조용히 서 있기만 했다

시간이 흘러 어느덧 뒤에 선다는 것이
무엇을 의미하는 것인지 알고 난 후에도
늘 뒤에 있는 것이 편안해 보였다

주위의 시선과 관심에서 멀어져가는 것을
왜 그리도 익숙해 하는지
도무지 이해할 수 없었지만

뒤에 선다는 것이 꼭 나쁜 것만이 아니라는 것을
침묵으로 대변하고 있다

"우리는 안다. 줄을 서면 늘 뒤에 서는 아이가 결코 금수저나 은수저가 아님을. 또한 더 이상 개천에서 용이 날 수 없는 시대적 환경도 진심은 아닐지라도 결국 인정하며 적응해야만 한다. 그러나 심리적 위축이 시간이 흘러 어느덧 뒤에 선다는 것이 무엇을 의미 하는지 안 이후의 패배적 숙명으로 번역되는 것은 용납하기 어렵다. 아니 그러지 말라는 당위의 세계는 여전히 막강하다. 여기서도 전복顚覆을 읽어낼 수 있다. 뒤집으면 맨 뒤가 맨 앞인 셈이다. 침묵은 그 걸 겨냥하고 있는지도 모른다."

우리 좀 더 깊이 생각해보자. 우리 모두가 발붙이고 있는 이 지구라는 별이 둥글고 돌아가는 거라면 동서남북, 위아래가 어디고, 앞뒤가 어디며, 고수高手니 반수半手니 저수低手라니 이 무슨 말인가. 하늘을 이고 땅을 밟으며 사랑으로 수고하는 사람은 다 하나같이 삶의 고수라고 해야 하리라.

동심에
청산이 있다

영국의 낭만파 시인 새뮤엘 테일러 콜리지의 '한 어린애의 물음에 답하다'가 있다.

한 어린애의 물음에 답하다.

새들이 뭐라고 하는지 묻는 거니?
참새, 비둘기, 홍방울새 그리고 개똥지빠귀는 말하지.
"사랑해 또 사랑해"라고
겨울엔 새들이 조용해, 왜냐하면 바람이 너무 세거든.
바람이 뭐라 하는지 나는 몰라

그러나 바람은 큰 소리로 노래 부르지
그래도 겨울은 지나고 햇볕이 따뜻해지면
초록 잎이 나고 꽃들이 피어나며 노래하고 사랑하지
이 모두가 다 함께 돌아오지.
종달새는 기쁨과 사랑에 가슴 벅차 노래 부르고
또 부르고 끝없이 영원토록 부르는 거야
"난 내 사랑을 사랑해, 그리고 내 사랑이 날 사랑해" 라고
아래로는 초원이 펼쳐져 있고 위로는 푸른 하늘이 있으니까

Answer to a Child's Question

Do you ask what the birds say? The Sparrow, the Dove,
The Linnet and Thrush say, "I love and love!"
They're silent - the wind is so strong;
What it says, I don't know, but it sings aloud song.
But green leaves, and blossoms, and sunny warm weather,

And singing, and loving - all come back together.
But the Lark is brimful of gladness and love,
The green fields below him, the blue sky above,
That he sings, and he sings ; and forever sings he
"I love my Love, and my Love loves me!"

아, 그래서 우리 동양에서도 예부터 '인간도처人間到處 유청산有靑山'이라고 했으리라. 하지만 이는 어디까지나 자연의 일부인 인간이 자연으로 돌아가 조화를 이룰 때 가능해지리라. 인간 때문에 생물 50%가 멸종 중이라 하지 않나. 더 이상 자연의 질서가 파괴되지 않으려면 인류부터 멸종돼야 할지 모를 일이다.

오늘(2016년 4월 28일자) 뉴욕타임스에 엄중한 경고성 뉴스 한 토막이 실렸다. 리처드 페레스-페나Richard Pe'rez-Pen'a 기자가 쓴 '아장걸음 유아, 차 안에 놓인 잠금장치 풀린 총 한 자루 그리고 엄마가 총 맞아 죽다.A Toddler, a Loose Gun in a Car, And a Mother Is Shot to Death'란 제목의 짤막한 기사 앞부분만 그대로 옮겨본다.

지난 화요일(4월 26일) 위스콘신 주 동남 쪽 미시간 호숫가에 위치한 항구 도시 밀워키에서 운전 중이던 한 여인을 총으로 쏴 죽인 사람이 무슨 생각을 하고 있었는지 아무도 알 수 없다. 총 쏜 사람은 두 살짜리였다. 주 175번 고속도로에서 사망한 여인은 26세의 패트리스 프라이스Patrice Price이고 총은 이 여인의 유아 손에 쥐어져 있었다고 밀워키 군 보안관청에서 수요일 발표했다. 조사관들이 차 뒷좌석 바닥에서 발견한 40-캘리버 권총은 엄마의 보안요원 남자친구의 것으로 총 벨트와 방탄조끼도 함께 차 안에 있었다고 보안관청이 발표했다. 그 지방 뉴스 미디어는 애 엄마가 몰던 푸른 색 닷지 세단은 남자 친구의 차라고 보도했다.

공화당 소속으로 지난해 10월말 미 하원의장직을 사임한 존 베이너 가 4월 27일 저녁 스탠포드 대학에서 데이비드 케네디 명예교수와 대담을 하면서 공화당 대선 주자인 테드 크루즈를 "육체를 가진 악마Lucifer in the flesh"라고 혹평했다고 주요 언론들이 보도했다. 그런데 세상에 육체를 가진 악마 같은 어른들이 어디 한둘인가. 그러니 우리 어른들이 어린애 물음에 답할 게 아니라 어린애들에게서 답을 구해야 하리라. 기독교에서는 하나님이 '독생자' 예수의 몸으로 이 세상에 나타났었다고 하지만 내 생각에는 모든 어린애를 통해 언제나 하나님이 나타나고 계신 것 같다. 그래서 예수도 '어린애 같지 않으면 천국에 들어갈 수 없다' 했으리라. 그리고 어린애에게는 모든 게 모두 다 하나님이다.

어린애 눈엔 모두 다 꽃이고 별이며 무지개이다.
우주 만물 모든 게 다 나, 우주 만물 모든 게 다 너,
땅도 하늘도 바다도 하나, 풀도 나무도 새도 하나,
봄 여름 가을 겨울이 하나, 어제 오늘 내일이 하나,
먹는 것 싸는 것이 하나, 주는 것 받는 것이 하나,
오는 것 가는 것이 하나, 사는 것 죽는 것이 하나,
있는 것 없는 것이 하나, 잠도 꿈도 숨도 같은 하나,
왕자와 거지가, 공주와 갈보가, 성자와 죄인이 하나,
신부와 무당이, 십자가와 목탁이, 천사와 마귀가 하나,
남자와 여자가, 주인과 머슴이, 스승과 제자가 하나,
웃음과 울음이, 빛과 그림자가, 식물 동물 광물이 하나,
글과 그림이, 노래와 춤이, 사는 것과 사랑하는 것이 하나,
눈, 비, 바람, 구름, 너와 나 같은 하나, 다 하나님이어라.

1977년부터 인기 절찬리에 전 세계적으로 상영된 이탈리아 영화 '인생은 아름다워La vita e' bella, Life Is Beautiful'가 있지만 정말 참으로 인생은 너무나도 신비롭고 경이로우며 한없이 슬프도록 아름답지 않은가. 우리 모두 하나같이 어린애로 이 세상에 태어나 놀다가 다시 어린애로 돌아가 이 세상을 떠나게 되는 자연

의 섭리가 말이다. 우리가 동심을 잃지 않고 간직한 채 사는 동안은 온 세상이 그야말로 놀이동산 청산이 되는 것이리라.

모든 사람과 사물에서 최선의 가능성을 찾아보리

네이버 사전엔 냉소주의의 뜻이 이렇게 정의되어 있다. '인간이 인위적으로 정한 사회의 관습, 전통, 도덕, 법률, 제도 따위를 부정하고, 인간의 본성에 따라 자연스럽게 생활할 것을 주장하는 태도나 사상'이지만, 비판적 태도가 지나쳐 허무주의에 빠지는 것은 바람직하지 않다. 이를 다시 풀이해보자면 또 이렇게 말할 수도 있지 않을까.

2016년 5월호 미국의 지성 월간지 하퍼스HARPER'S 권두사券頭辭 '안락의자Easy Chair'의 '매우 냉소적인 사람들의 습성The Habits of Highly Cynical People'에서 필자인 미국 작가 레베카 솔닛Rebecca Solnit

은 지적한다. "단순하고 순진한 냉소주의자들은 어떤 상황에서나 사태의 복합성은 물론 모든 가능성을 묵살해버린다. Naive cynics shoot down possibilities, including the possibility of exploring the full complexity of any situation."

그러나 변화와 불확실성을 수용하려면 사고의 융통성이 필요하다고 필자는 역설한다. "이 융통성이란 좀 더 느슨한 자아의식으로 사태에 다양하게 적응할 수 있는 능력이다. 어쩜 그래서 고정관념에 사로잡혀 있는 사람들은 한정된 성공을 불안해하는지 모르겠다. 실패로 다시 돌아가는 게 일종의 방어기제가 되고 있다. 지상의 삶이 제공하는 언제나 불완전하면서도 자주 중요한 승리를 궁극적으로 외면하려는 기술이다. 그 정도와 차이를 불문하고 모든 사물을 이 쪽 아니면 저 쪽, 한통속으로 몰아 넣어버리는 버릇 말이다. Accommodating change and uncertainty requires a looser sense of self, an ability to respond in various ways. This is perhaps why qualified success unsettles those who are locked into fixed positions. The shift back to failure is a defensive measure. It is, in the end, a technique for turning away from the always imperfect, often important victories that life on earth provides- and for lumping things together regardless of scale."

그러면서 필자는 그 대안도 제시하고 있다. "단적인 냉소주의의 그 대안은 무엇인가? 벌어지는 사태에 대한 수동적이 아니고 능동적인 대응책이란, 어떤 일이 일어날지 사전에 알 수 없다는 사실을 인정하는 것이고, 어떤 일이 생기든 대개는 축복과 저주의 혼합임을 받아들이는 태도이다. 단적인 냉소주의는 세상보다 냉소주의 그 자체를 더 사랑하면서 세상 대신 스스로를 변호하고 두둔한다. 나는 어떤 주의나 사상보다 세상을 더 사랑하는 사람들에게 흥미를 느끼고 관심을 갖게 되며 날이면 날마다 소재에 따라 변하는, 이들이 하는 말을 경청하게 된다. 왜냐하면 우리의 행동이란 우리가 뭘 할 수 있다는 믿음에서부터 시작하기 때문이다. 그리고 이런 행동이란 가능성에 개방적이고 복합성에 자극되는 데서 비롯하는 까닭에서다. What is the alternative to naive cynicism? An active response to what arises, a recognition that we often don't know what is going to happen ahead of time, and an acceptance that whatever takes place will usually be a mixture of blessings and curses. Naive cynicism loves itself more than the world; it defends itself in lieu of the world. I'm interested in the people who love the world more, and in what they have to tell us, which varies from day to day, subject to subject. Because what we do begins with what we believe we can do. It begins with being open to the possibilities and interested in the complexities."

이 논지를 단 한 마디로 내가 요약해본다면 "인간만사와 세상만사엔 언제나 양면이 있음을 잊지 말자"는 얘기인 것 같다. 이를 세계 각국에서 모여든 인종과 문화의 종합세트 같은 나라 미국의 정치와 경제, 특히 올해 대선 공화와 민주 양당의 후보 도널드 트럼프와 힐러리 클린턴을 통해 한 번 살펴보도록 하자. 막가파식 거친 막말을 거침없이 해대는 트럼프와 논리 정연하게 이지적으로 세련된 클린턴은 정 반대의 극과 극적으로 대조적인 것 같지만, 겉으로 보이는 외양처럼 그 실체도 실제로 그런 것일까. 클린턴을 '위선자'라 한다면 트럼프를 '위악자'라 부를 수도 있지 않을까. 2008년 대선 때 오바마의 선거 참모로 활약한 데이빗 액셀로드는 최근 트럼프를 '늑대 탈을 쓴 양a sheep in wolf's clothing'이라고 지칭했다. 트럼프 자신도 언론인들에게 사석에서 실토했다 했다. 투표할 유권자와 대중매체의 주의를 끌기 위해 과장해서 하는 자신의 말을 액면 그대로 받아들이지 말라며, 자신이 뜻하거나 의미하지 않으면서 지껄이는 말들은 그냥 '쇼'로 봐달라고 했단다.

그리고 1%가 99%를 착취한다고 버니 샌더스가 성토하고 있지만, 마이크로 소프트의 빌 게이츠와 페이스 북의 마크 저크버그 등 많은 기업인들이 창출한 기업이윤 대부분을 자선사업으로 사회에 환원하고 있지 않는가. 최근 보도된 또 한 예를 들어보자. 경영진과 직원들의 지나친 임금격차 문제가 전 세계적으로 논란이 되는 가운데, 미국의 유명한 요거트 브랜드인 '초바니Chobani' 회장이 지난 4월 26일 직원들에 대한 보상 강화 차원에서 회사 지분의 10%를 전 직원에게 약속했다고 뉴욕타임스 등 주요 언론들은 회사 성장의 결실을 직원들과 나누는 대표적인 사례라고 소개했다. 주인공은 그리스식 요거트 일명 '그릭요거트'로 억만장자가 된 함디 울루카야Hamdi Ulukaya 회장으로 터키 이민자 출신인 그는 2005년 초바니를 만들었으며 이 회사의 가치는 적게는 30억 달러에서 많게는 70억 달러로 추산된다.

울루카야는 "회사가 크게 성장할 수 있었던 것은 열심히 일한 2,000명의 직원이 있었기 때문이며 이제 직원 스스로 각자의 미래를 만들어가게 됐다"고 강조했다. 그는 발표 뒤 직접 주식이 담긴 봉투를 직원들에게 나눠줬다. 회사 가치를 최소치인 30억 달러라고 해도 직원들이 평균 15만 달러어치의 주식을 받게 된다. 장기 근속자는 100만 달러가 넘어 곧바로 백만장자 대열에 들어서게 됐다. 뉴욕타임스는 지난해 미국의 전자결제 업체인 그래비타 페이먼츠가 직원들의 최소 연봉을 7만 달러로 책정한 것과 마찬가지로 이번 초바니의 주식 분배도 기업 이익을 직원들에게 적극적으로 환원하는 조치라고 평가했다. 그러니 냉소주의자가 되느니 우리 모든 사람과 사물에서 최선의 가능성을 찾아보리라.

우주 자체가 음악이다

"어째서 음악이 우리를 깊이 감동시키는지, 그 이유는 우리 청각의 울림이 원래 우주에 연결돼있기 때문이다.The reason why music has the ability to move us so deeply is that it is an auditory allusion to our basic connection to the universe." 최근(2016년 4월) 출간된 '물리학의 재즈 : 음악과 우주구조 사이의 내밀한 연결고리The Jazz of Physics : The Secret Link Between Music and the Structure of the Universe'에서 저자인 스티본 알렉산더 박사가 하는 말이다. 미국 다트무쓰 대학Dartmouth College의 물리학 교수인 저자는 묻는다. "만일 우주의 구조가 진동 패턴의 결과라면 뭣이 진동을 일으키는 것일까? 그리고 그 진동이란 게 우주가 마치 악기처럼 작동 한다는 뜻인가?If the structure of the universe is a result of a pattern of vibration? And does that vibration mean that the universe is behaving like an instrument?"

우리가 주위에서 발견하는 가장 미세한 분자로부터 가장 큰 은하계 성군星群에 이르기까지 모든 물리적인 구조의 핵심이 진동과 울림이라는 게 알렉산더 박사의 주장이다. 그리고 그는 재즈와 우주의 유사성을 천착하면서 이 유사성을 음악이라고 한다. 우주의 노래가 재즈와 유사하다는 말이다. 서양의 양자물리학과 동양사상의 유사성을 탐구한 베스트셀러 과학 서적으로 1975년에 나온 '물리학의 도道The Tao of Physics'에서 그 저자 프리초프 카프라는 이렇게 말한다. "과학은 신비주의를 필요로 하지 않고 신비주의는 과학을 필요로 하지 않으나 인간에겐 둘 다 필요하다. Science does not need mysticism and mysticism does not need science, but man needs both."

카프라는 서양에서 동양사상과 현대물리학을 접목시키는 신과학운동New Science Movement/New Age Science을 본격적으로 활성화시킨 물리학자로 이 '물리학의 도道'는 기존 서양과학의 구조 패러다임을 뒤흔드는 계기가 되었다. 기존 서양과학의 근간이 된 서양철학에선 입자와 우주는 기계부품처럼 기계적인 구조를 가지고 있다는 인식인 반면 동양철학에선 입자와 우주, 곧 부분과 전체는 기계적이 아니라 유기적으로 결합된 물아

일체物我一體로 한 마디로 요약하자면 음陰과 양陽의 상보성相補性을 깨닫는 것이다. 도교와 유교에서 말하는 도道는 주역周易에서 음陰과 양陽의 순환을 뜻하고 음에서 양으로 또 양에서 음으로의 순환을 도道라고 하는데, 도를 통해 우주의 질서와 조화가 이루어진다는 의미이다. 이렇게 하늘과 땅이, 음과 양이 합일해서 춤을 추는 과정이 우주만물 천지창조의 음악이 되는 것이리라. 우리 음악에 대한 시 여섯 편 같이 음미해보자.

음악

세상에서 아름다운 음악은
망가진 것들에게서 나오네.
몸속에 구멍 뚫린 피리나
철사 줄로 꽁꽁 묶인 첼로나, 하프나
속에 바람만 잔뜩 든 북이나
비비 꼬인 호른이나
잎새도, 뿌리도 잘린 채
분칠, 먹칠한 토막 뼈투성이 피아노
실은 모두 망가진 것들이네
하면, 나는 아직도

너무 견고하단 말인가?

- 김경임

음악

신은

모든 인간에게

공통된 언어로서

음악을 만드셨다

음악은

시인과

작곡가와

조각가에게

영감을 준다.

그것은 고전 속에 나오는

신비한 것들의 의미를

우리의 영혼이 찾도록

우리를 유혹한다.

-칼릴 지브란

음악

음악은 인간에 있어 도덕의 규범이다.

음악은 우리의 심장에 영혼을 불어넣고

생각에 날개를 달아

상상의 날개를 펼치게 해준다.

음악은 우리를 슬프게

때로는 기쁘게 하는 인생과 같으며

모든 것의 주문이기도 하다

음악은 시간의 본질이며

모든 것을 자라게 하는데

그것은 보이지 않는 형상이다.

그럼에도 불구하고 우리를 경탄케 하며

영원히 열애토록 한다.

-플라톤

음악

음악은 때때로

바다처럼 나를 사로잡는다.

나는 출발한다.

창백한 별을 향해

자욱한 안개 밑으로

때때로 끝없이 창공 속으로

돛대처럼 부푼 가슴 앞으로 내밀고

밤에 묻혀 밀려오는 거대한 파도를

나는 탄다.

나는 느낀다.

신음하는 배의 온갖 정열이 진동함을

순풍과 폭우 그리고 그 진동이

나를 흔든다.

광막한 바다 위에서

음악은 때때로 고요한 바다

나를 흔든다.

광막한 바다 위에서

음악은 때때로 고요한 바다

내 절망의 거대한 거울

\- 보들레르

내 뼈 속에는 악기가

내 손끝 하나 닿지 않아도

울리는 소리

은은한 떨림으로 음계를 누른다.

뼈마디 마디마다

비바람 궂은 날을

마른 잎 삭풍을 울리는

계절이 오면

겨울 생소나무 가지 눈덩이 매달 듯

무겁고 무겁게

뼈 속 깊이 저려오는

음울한 안단테 칸타빌레

내 뼈 속에는 악기가 있어

아픔과 슬픔을 조율하는

-조옥동

우현雨絃환상곡

빗줄기는 하늘에서 땅으로 이어진 현絃이어서
나뭇잎은 수만 개 건반이어서
바람은 손이 안 보이는 연주가여서
간판을 단 건물도 고양이도 웅크려 귀를 세웠는데
가끔 천공을 헤매며 흙 입술로 부는 휘파람 소리

화초들은 몸이 젖어서 아무데나 쓰러지고
수목들은 물웅덩이에 발을 담그고
비바람을 종교처럼 모시며 휘어지는데
오늘은 나도 종교 같은 분에게 젖어 있는데
이 몸에 우주가 헌정하는 우현환상곡

-공광규

아, 그래서 현대 우연성 음악의 개척자로 동양철학에 심취했던 미국의 아방가르드 작곡가 존 케이지John Cage(1912~1992)도 그의 생전에 그가 잘 모르는 한 작곡가Katherine Aune가 보낸 편지에 답신으로 쓴 장문의 글에서 다음과 같이 말했으리라.

"어떤 소리든 소리마다 경청할 만하다는 개념은 불교적인 생각이라고 말할 수 있을 것이다. 감성이 있든 없든 간에 모든 존재는 다 부처이고 따라서 우주의 중심에 있다. 나는 내 머릿속에 있는 뭔가를 적지 않는다. 실제로 내 머리 밖에서 들릴 때까지 나는 아무 소리도 듣지 못한다. 이렇게 해서 난 때때로 전에 들어보지 못한 뭔가를 작곡할 수가 있다. The notion that every sound is worthy of attention is, you might say, a Buddhist notion. Every being, whether sentient or nonsentient, is the Buddha, and is therefore at the center of the universe. I do not write something that's in my head. In fact, I don't hear anything until it is audible outside my head. In this way I can sometimes write something that hasn't been heard before."

웃음의 묘약

독일의 철학자 프리드리히 빌헬름 니체는 일찍이 갈파했다. "네겐 네 방식이 있다. 내겐 내 방식이 있다. 옳은 방식, 바른 방식, 그리고 유일한 방식, 그런 방식이란 없다. You have your way. I have my way. As for the right way, the correct way, and the only way, it does not exist. 춤추는 별을 탄생시키려면 제 안에 혼돈이란 카오스가 있어야 한다. One must still have chaos in oneself to be able to give birth to a dancing star. 신이 있다면 나는 춤 출 줄 아는 신만 믿으리라. 내가 만난 내 악마는 매사에 진지하고, 철저하고, 심각하며, 엄숙하더라. 모든 걸 지상으로 끌어내리는 중력重力의 정령精靈으로 그를 통해 만물이 추락한다. 분노가 아닌 웃음으로 죽여줄 수 있으니, 어서들 와서 중력의 정령을 죽여 버리자. I would only believe in a god who could dance. And when I saw my devil I found him serious, thorough, profound, and solemn; it was the spirit of gravity-through him all things fall. Not by wrath does one kill but by laughter. Come, let us kill the spirit of gravity."

이 큰 스승의 말씀을 문자 그대로 따라 이행하는 수제자가 미국의 오바마 대통령인 것 같다. 얼마 전 뉴욕타임스의 보수 중도파 고정 칼럼니스트 데이빗 브룩스David Brooks는 그의 칼럼에서 오바마 대통령의 임기가 끝나 그가 백악관을 떠나게 되면 자신을 비롯해 많은 사람들이 그를 잊지 못하고 많이 생각하며 그리워할 것이라고 했다. 그의 모든 정책에 동의하고 찬성해서가 아니고 그의 격조 높은 품격 때문이라고 평했다. 이 '격조 높은 품격'에 금상첨화격으로 지난 4월 30일 저녁 그의 마지막 백악관 기자단 만찬에서 행한 연설 'President Obama's 2016 White House correspondents' dinner speech'을 통해 그는 폭소의 웃음잔치를 베풀었다. '너드 프롬Nerd Prom'이라 불리는 이 미국 언론계의 최대 연례행사는 1921년부터 개최돼 대통령이 기자단을 비롯해 사회 각계 유명 인사들을 초청해 유쾌하게 평소에 못하던 뼈 있는 농담으로 먹구름장 같은 어둡고 답답한 정치, 경제, 사회 분위기를 시원하고 가볍게 푸는 피뢰침 역할을 하는 전통이다. '너드Nerd'는 멍청하고 따분하며 유행감각이 뒤진 멍청이를 뜻하는 속어로 잘난 체 하는 기자들을 빗대어 쓴 단어이고 '프롬Prom'은 무도회가 열릴 때 줄지어 입장하는 'Promenade'의 준말이다. 이 행사 진행을 맡은 전문 코미디언 래리 빌모어Larry Wilmore를 무색케 할 정도로 역대 대통령 중 가장 유머 감각이 뛰어나다는 오바마를 워싱턴 포스트는 '코미디계의 최고사령관CIC-Comedian-In-Chief' 이라며 그의 마지막 공연을 극찬했다. 폭소를 자아낸 몇 대목을 아래와 같이 옮겨본다.

"공화당 인사들에게 고기와 생선 중 만찬 메뉴를 선택하라고 했더니 공화당 출신으로 대선후보 경선에 나서지도 않은 폴 라이언 하원의장을 고르더라. Guests were asked to check whether they wanted steak or fish. But instead, a whole bunch of you wrote in Paul Ryan. That's not an option people. Steak (Donald Trump) or fish(Ted Cruz). You may not like steak or fish, but that's your choice. 수많은 기자와 저명인사 그리고 카메라가 있는데도 트럼프가 초대를 거절한 것을 보면 오늘 만찬 식사가 그가 늘 먹는 트럼프 스테이크보다 싸구려라서 그런 것 같다. You've got a room full of reporters, celebrities, cameras. And he says no. Is this dinner too tacky for the Donald? Is he at home eating a Trump steak. 공화당 지도부는 도널드가 대통령 되기엔 외교 경험이 부족하다 고 말한다. 그러나 공정하게 얘기하자면, 트럼프는 그동안 여러 해를 두고 세계 각국의 지도자들을 만났다. 미스 스웨덴, 미스 아르헨티나, 미스 아제르바이잔 등They say Donald lacks the foreign policy experience to be president. But in fairness, he has spent years meeting with leaders from around the world:

Miss Sweden, Miss Argentina, Miss Azerbaijan. 내년 이맘때면 바로 이 자리에는 다른 사람이 서겠지만 그녀가 누구일지는 다 아는 일이다. Next year at this time, someone else will be standing here in this very spot and it's anyone guess who she will be. 힐러리가 젊은 유권자들에게 접근하려고 애쓰는 걸 보면 이제 막 페이스북 계정을 만든 친척 할머니를 보는 것 같다. Hillary trying appeal to young voters is a little bit like your relative who just signed up for Facebook."

최근 8년간의 대통령직을 물러난 후 갖게 될 가상의 촌극 취직 인터뷰에서 고용주로 분장한 스티븐 콜버트Stephen Colbert가 그에게 어떤 쓸 만한 자질과 능력이 있는지 의심스러워서 내세울 수 있는 게 뭐가 있냐고 묻자, 오바마 대통령은 대답했다. "난 노벨평화상을 탔습니다. I did win the Nobel Peace Prize.", "아, 그래요? 그런데 그 건 뭣 때문에 탔습니까?Oh, what was that for?", "솔직히 말하건대, 나도 잘 모르겠어요. To be honest, I don't know." 마크 트웨인Mark Twain도 갈파하지 않았나. '유머의 숨겨진 바탕은 기쁨이 아니고 슬픔이다. The secret source of humor is not joy, but sorrow.'라고.

자, 이제 '웃음에 관한 18 가지 명언'을 잘 좀 생각해보자.

1. 웃음은 전염된다. 웃음은 감염된다. 이 둘은 당신의 건강에 좋다.
   —윌리엄 프라이

2. 웃음은 만국공통의 언어다. - 조엘 굿맨

3. 당신은 웃을 때 가장 아름답다. - 칼 조세프 쿠 쉘

4. 나 하나가 웃음거리가 되어 국민들이 즐거울 수 있다면 얼마든지 바보가 되겠다. - 헬무트 콜

5. 웃음은 살 수도 없고, 빌릴 수도 없고, 도둑질할 수도 없는 것이다. - 데일 카네기

6. 유머의 꽃은 슬픈 시대에 핀다. - 유태격언

7. 폭소가 터져 나오려고 할 때면, 언제나 문을 활짝 열고 환대하라. -아르투르 쇼펜하우어

8. 만일 이 세상이 눈물의 골짜기라면, 미소는 거기에 뜨는 무지개다. - 다트리

9. 성인이 하루 15번만 웃고 살면 병원의 수많은 환자들이 반으로 줄어들 것이다. - 조엘 굿맨

10. 웃음은 거의 참을 수 없는 슬픔을 참을 수 있는 어떤 것으로, 나아가 희망적인 것으로 바꾸어 놓는다. - 봅 호프

11. 왜 웃지 않는가. 나는 밤낮으로 무거운 긴장감에 시달려야 했다. 하지만 만일 내가 웃지 않았다면, 나는 이미 죽었을 것이다. - 아브라함 링컨

12. 세상에서 가장 재미있는 일들을 이해하지 못한다면, 가장 심각한 일들을 처리할 수 없을 것이다. - 윈스턴 처칠

13. 운명과 유머는 함께 세계를 지배한다. - 하비 콕스

14. 일은 즐거워야 한다. 유머는 조직의 화합을 위한 촉매제이다.
- 허브 켈러허

15. 함께 웃을 수 있다는 것은 함께 일할 수 있다는 것을 의미한다.
- 로버트 오벤

16. 웃음은 최고의 결말을 보장한다. - 오스카 와일드

17. 유머감각은 지도자의 필수조건이다. - 하드리 도노번

18. 오늘 가장 좋게 웃는 자는 역시 최후에도 잘 웃을 것이다. - 니체

서양의 유머가 인격人格으로 스스로를 웃기는 일이라면 코미디는 성격性格으로 남을 웃기는 일이며 조크는 말 자체를 웃기는 말장난이다. 그러면 우리 한민족의 걸쭉한 입담과 재치, 관객을 울리고 웃기는 '마당놀이'는 신바람을 불러일으키는 가히 신격神格이라 할 수 있지 않나. 그러니 추락한 우리 행복지수를 높이기 위해서 우리 고유의 마당놀이 한바탕 질펀하게 놀아 볼거나.

죽음을 사랑해야 삶도 사랑할 수 있다

"오늘은 어제보다 죽음이 한 치 더 가까워도, 평화로이 별을 보며 웃어 주는 마음" 스물한 살의 이해인 예비수녀가 어렸을 때부터 하루에 한 번쯤 인간은 언젠가 죽는다는 생각을 하면서 쓴 시구란다. 첫 시집 '민들레의 영토'를 내 놓은 지 올해로 40돌을 맞은 이해인 수녀는 최근 한 인터뷰에서 어떻게 살아야 할까 라는 질문에 이렇게 대답한다.

"남과의 비교에서 불행이 시작되는 것 같아요. 그야말로 오늘은 어제보다 죽음이 한 치 가까워도 평화로이 별을 보며 웃어 주는 마음이 필요한 게 아닌가. 여행도 좋지만 떠나기 전에 독서여행, 사색여행, 기도여행 등 내면의 여행을 부지런히 하고 나서 그 보상으로 여행, 순례를 가는 것은 어떨까 싶어요. 신적 존재에 대한 수직적인 믿음과 기도도 중요하지만 더 중요한 것은 함께 사는 사람들과의 수평적 관계예요. 위쪽으로만 잘하려고 하는 것은 잘못된 자세죠. 평범한 일상 안에서 비범한 기쁨과 행복 발견하는 것이 참 신앙인이에요. 기도만 열심히 하면서 이웃과는 불목해선 안 되죠. 특히 약자들을 내 친지처럼 여겼으면 좋겠어요."

소통의 화신이라 할 수 있는 제14대 달라이 라마Dalai Lama의 종교와 문화를 초월해서 모두가 공감할 수 있는 상식10훈訓을 우리 같이 깊이 좀 생각해 보자.

1. 매일 아침, 잠을 깨면서 오늘도 내가 살아 있다는 게 얼마나 다행이냐. 이 소중한 내 삶을 헛되게 하지 않겠다고 다짐하라. Everyday, think as you wake up today I am fortunate to be alive, I have a precious life, I am not going to waste it.
2. 행복이란 기성품이 아니다. 네 행동에서 생기는 것이다. Happiness is not something ready made. It comes from your own actions.
3. 마음과 정신은 낙하산과 같다. 열려야 작동한다. The mind is like a parachute. It works best when it's open.
4. 때로는 네가 원하는 걸 얻지 못하는 게 놀라운 행운임을 기억하라.

Remember that sometimes not getting what you want is a wonderful stroke of luck.

5. 네가 세상을 바꾸기엔 너무도 하찮은 존재라 생각한다면, 한 마리 모기를 생각해보라. If you think you are too small to make a difference, try sleeping with a mosquito.

6. 위대한 사랑과 위대한 업적은 위대한 위험을 무릅쓴 결과란 사실을 잊지 말라. Take into account that great love and great achievements involve great risks.

7. 두 팔 벌려 변화를 환영하되 네 소중한 가치관을 버리지 말라. Open your arms to change but don't let go of your values.

8. 때로는 침묵이 최선의 해답임을 기억하라. Remember that silence is sometimes the best answer.

9. 매일 혼자 있는 시간을 갖도록 하라. Spend some time alone everyday.

10. 인류에 대해 뭐가 제일 놀라운 일로 생각되느냐는 질문에 달라이 라마는 다음과 같이 대답했다 : 가장 이해할 수 없는 건 인간이다. 왜냐하면 돈을 벌기 위해 그는 건강을 잃는다. 그리고는 건강을 되찾기 위해 그는 돈을 버린다. 또 그리고는 미래를 걱정하느라 그는 현재를 즐기지 못한다. 따라서 그는 현재를 사는 것도 미래를 사는 것도 아니다. 마치 영원토록 죽지 않을 것처럼 살다가 그는 삶을 실제로 살아보지도 못하고 죽는다는 사실 말이다. Man. Because he sacrifices his health in order to make money. Then he sacrifices money to recuperate his health. And then he is so anxious about the future that he does not enjoy the present; the result being that he does not live in the present or the future; he lives as if he is never going

이상의 10훈訓을 하나로 줄인다면 '죽음을 사랑해야 삶도 사랑할 수 있다'는 것이리라. 하지만 이쯤해서 더할 수 없는 아이러니를 생각해보지 않을 수 없다. 너무도 비상식적인 모순과 부자연스런 행태를 우리가 언제까지 '성스러움'으로 두 손 모아 합장하거나 가슴에 성호를 그려가면서 우러러 받들기만 할 것인가? 이해인 수녀나 달라이 라마를 보면서 극심한 민망감과 연민의 정을 느끼게 된다. 이들은, 인간중심이 아니고 어디까지나 신중심의 종교, 그것도 있는지 없는지도 모를, 있다고 해도 그 '신神'이란 것이 어떤 분인지 아무도 알 수 없는데, 인간이 만든 허깨비 같은 종교의 대표적인 제물이 아닌가. 소위 '성노예'로 불리는 희생자들보다 더 심한 피해자들이 아닌가. 버러지 같은 미물도 자연의 모든 생물이 다 누리는 성性의 쾌락을 자의든 타의든 간에 박탈당하고 거세당한 '내시內侍' 같이 말이다. 여기서 우리 각자 자신에게 진지하게 한 번 자문해보자. 성性이 있는 지옥과 성性이 없는 천국 중 하나를 선택하라면 우리는 어떤 선택을 할 것인가. 사람에 따라 선택의 척도가 다르지만 해답은 성性이 있는 지옥이 압도적이었단다. 옮겨온 다음의 글을 우리 함께 생각해보자.

"신神이 인간에게 준 최고의 선물. 언제나 즐길 수 있는 유일한 자유와 존재, 그래서 완당 김정희(1786-1856) 같은 학자도 일독一讀, 이색二色, 삼주三酒를 인생삼락人生三樂이라 했고 영원한 스승 공자님도 '학문 좋아하기를 색色 좋아하듯 하는 사람 못 보았다.'고 하셨다. 학자에 따라서는 성욕性慾의 감퇴가 나이가 선사하는 해방과 축복이라는 주장도 있지만 늙으나 젊으나 그 욕구나 설레임은 똑 같고 그에 대한 그리움과 간절함도 다를 리가 없다. 에로티시즘은 죽음을 무릅쓴 생生의 찬가讚歌, 그래서 모텔은 비 온 뒤의 죽순처럼 총총하다. 그러나 이제 산전수전 다 겪은 역전의 용사들이 빛바랜 전장戰場, 그 훈장 이야기는 들먹일 필요도 없다. 인생 노년의 성性은 주책이고 추태이며 금기다. 아무리 비아그라가 복음이래도 자제와 절제가 필요하다. 인생 노년에 건강한 아내가 있으면 동상이고 함께 극장에 가는 여자 친구가 있으면 은상이며 남몰래 만나는 애인이 있으면 금상이다. 애인은 신神이 내린 최상의 축복이고 은혜라는 우스갯소리가 있다. 그러나 우리들 노년에 불꽃은 꺼져 가는데 과연 무슨 힘으로 물레방아를 돌릴 수 있던가. 괜스레 촛불 하나 켜다가 그만 꺼져버리고 한숨 쉬며 야망을 접은 경험이 한두 번이든가. 지금은 욕심과 욕망을 다 버려야 할 때다. 근신하고 자중하며 체통도 지키고 품위도 지녀야 한다. 매일 먹어도 좋은 된장 맛처럼 건강하고 미소 짓는 아내가 있으면 되었지 않은가. 서로 보살피고 의지해서 살면 되지, 무슨 애인 무슨 로맨스 타령들인가. 인생은 끝없는 성욕과의 싸움이라고 톨스토이도 말했다지만 적절히 자제하고 근신함이 인간의 몸가짐 아니던가. 아내들이 가장 행복했다는 순간은 된장국 끓이는데 뒤에서 살며시 포옹해 주는 남편의 손길이라 하지 않던가. 그리움, 간절함에는 정년이 없다지만 즐거운 인생, 아내와의 사랑이 그 으뜸이고 첩경이다."

마지막 순간
뭘 생각하게 될까

"린든 존슨 대통령 같은 사람이 그랬을지 모를 정도로 이 백악관 자리를 탐내지 않은 나로서 결코 잃지 않은 것은 내가 마지막 숨을 쉬는 순간 난 국민건강보험 법안을 서명한 것이나 유엔에서 연설한 것이 아니고 내 딸들과 보낸 순간을 기억할 것이라는 확신이다. The one thing I never lost, in a way that somebody like L.B.J. might have-who was hungry for the office in a way that I wasn't-is my confidence that, with my last breath, what I will remember will be some moment with my girls, not signing the health care law or giving a speech at the U.N."

5월 초에 백악관에서 영화와 브로드웨이 쇼에서 린든 존슨

Lyndon B. Johnson으로 분한 배우 브라이언 클랜스턴Bryan Cranston과 가진 대담에서 오바마 대통령이 한 말이다. 이 말에 젊은 날 읽은 톨스토이의 단편소설 '이반 일리치의 죽음The Death of Ivan Ilyich'이 떠오른다. 모범생으로 법대를 나와 판사가 되고 러시아의 상류사회로 진입, 출세가도를 달리던 40대 이반 일리치가 새로 장만한 저택 커튼을 달다가 사다리에서 떨어져 시름시름 앓다가 죽어가면서 마지막 순간에 그가 기억하고 위안 받는 건 다름 아닌 그의 어린 시절 벗들과 과수원에 몰래 들어가 서리해온 설익은 자두를 입에 물었을 때 그 시고 떫은맛을 감미롭게 떠올리는 것이었다. 마지막 숨을 거두는 순간 난 뭘 생각하게 될까. 얼핏 떠오르는 건 비록 피 한 방울 섞이진 않았어도 2008년 9월 25일 조산아로 태어나면서부터 내 외손자 일라이자Elijah와 지난 8년 동안 같이 보낸 순간순간들일 것 같다. 천국이 따로 없었음을 너무도 절실히 실감하게 되리라. 우리 문정희 시인의 시 세 편 음미해보자.

혼자 가질 수 없는 것들

가장 아름다운 것은
손으로 잡을 수 없게 만드셨다
사방에 피어나는
저 나무들과 꽃들 사이
푸르게 솟아나는 웃음 같은 것

가장 소중한 것은
혼자 가질 수 없게 만드셨다
새로 건 달력 속에 숨 쉬는 처녀들
당신의 호명을 기다리는 좋은 언어들

가장 사랑스러운 것은
저절로 솟게 만드셨다
서로를 바라보는 눈 속으로
그윽이 떠오르는 별 같은 것

응

햇살 가득한 대낮
지금 나하고 하고 싶어?
네가 물었을 때
꽃처럼 피어나는 나의 문자
"응"
동그란 해로 너 내 위에 있고
동그란 달로 나 네 아래 떠 있는
이 눈부신 언어의 체위
오직 심장으로
나란히 당도한
신의 방
너와 내가 만든
아름다운 완성
해와 달
지평선에 함께 떠 있는
땅 위에
제일 평화롭고
뜨거운 대답
"응"

순간

찰랑이는 햇살처럼

사랑은

늘 곁에 있었지만

나는 그에게

날개를 달아 주지 못했다.

쳐다보면 숨이 막히는

어쩌지 못하는 순간처럼

그렇게 눈부시게 보내버리고

그리고

오래 오래 그리워했다

지상의 삶은 우리 모두의 갭 이어*gap year*

최근 '갭 이어gap year'란 단어가 매스컴의 각광을 받았다. 오바마 미국 대통령의 큰 딸 말리아가 하버드대 진학을 1년 미루고 갭 이어를 갖는다는 뉴스 때문이었다. 이 '갭 이어gap year'란 고교 졸업생이 대학 진학을 늦추고 한 학기 또는 1년간 여행을 하거나 봉사활동을 하면서 사회경험을 통해 진로를 모색하는 기간을 말한다. 영국을 비롯한 유럽에선 일반화된 제도지만 미국에는 2000년대 들어 하버드대, 예일대 등 아이비리그를 중심으로 도입되어 실시되고 있다.

1978년 여름 내 세 딸들이 여섯, 여덟, 아홉 살 때 영국을 떠나 우리 가족이 하와이로 이주, 한국과 미국 각지로 6개월 동안 여행하고 영국으로 돌아갔을 때 한 학기 학교수업을 몽땅 빼먹었는데도 애들 학업성적이 뜻밖에도 전보다 뒤지기는커녕 더 좋아져서 놀란 적이 있다. 어떻든 우리 달리 좀 생각해보자. 이 지상에 태어난 사람이면 얼마 동안 머물게 되든, 우리 모두의 삶이 '갭 이어'라 할 수 있다. 세상경험을 쌓으며 각자의 우주적 진로를 탐색해보라고 주어진 기회가 아닌가. 옛날 얘기는 그만두고, 최근 역사에서 극히 대조적인 삶을 살다 간 한두 사례를 생각해보자. 같은 서유럽이라는 공간(영국과 오스트리아)과 엇비슷한 시간(1889년 4월 16일과 20일)에 출생한 찰리 채플린과 히틀러 그리고 일제 강점기인 식민지 치하 조선인으로 1917년 태어난 윤동주와 박정희 얘기다.

'천국은 네 안에 있다'고 예수도 말했듯이 우리가 이 지상에서 천국을 보지 못한다면 지구 밖 우주 어디에서도 천국을 찾을 수 없으리라. 하느님 나라는 눈에 보이는 모습으로 오지 않는다. 또 여기에 있다 저기에 있다고 하고 사람들이 말하지도 않을 것이다. 보라, 하느님 나라는 너희 안에 있다고 누가복음 17장 21절에 쓰여 있다. 조물주 하느님이 지구를 포함해 우주의 모든 별들과 그 안에 있는 만물을 창조하셨다고 할 것 같으면, 우리가 지금 살고 있는 지구란 별 자체가 하느님 나라이고 인간은 물론 만물이 하느님의 분신들이 아니면 뭣이랴! 흥미롭게도 이 하느님의 분신이었을 히틀러를 소년 크기의 조형물로 표현해 뒤에서 보면 무릎을 꿇고 있는 어린이 형상이지만 앞에서 보면 두 손을 맞잡고 콧수염을 기른 우울한 모습의 이탈리아 행위 예술가이자 조각가 마우리치오 카텔란 작품이 지난 5월 8일 뉴욕 경매에서1,719 만 달러, 우리 돈으로 약 200억 8,650만원에 낙찰됐다. 그런가 하면 지난 11월 대선에서 미국 대통령으로 선출된 트럼프가 '미국의 히틀러'가 되지 말라는 법 없다고 많은 사람들이 우려하고 있는 실정이다.

만물이 하느님의 분신이라 할 것 같으면 어떻게 히틀러나 김정은 같은 폭군이 될 수 있을까? 절대로 그럴 수 없이 모두가 착하게만 살도록 미리 프로그램화 되어 있었다면, 그건 결코 하느님의 분신이 아닌, 너무도 재미없는 로봇에 불과할 것이다. 다른 모든 우주 만물과 달리 인간에게만 주어진 특전과 특혜가 있다면 우리 각자가 각자의 삶에서 성군도 폭군도 될 수 있는 선택의 자유가 주어졌다는 것 아닐까. 인간 이상의 신격으로 승화될 수도 있는가 하면 그 반대로 짐승만도 못한 악마로 전락할 수도 있는, 다시 말해 각자의 삶을 천국으로도 아니면 지옥으로도 만들 수 있는 자유 말이다. 그럼 어떤 삶이 천국이고 어떤 삶이 지옥일까? 모름지기 후회 없는 삶이 천국이라면 후회스런 삶은 지옥이 되리라. 깊은 이해와 용서와 사랑의 삶이 후회 없는 것이라면 오해와 분노와 증오의 삶은 후회만 남기는 것이리라. 이 대상은 다른 인간에게만 아니고 동-식-광물에게도 해당되는 것이리. 친구가 보내준 '순간의 분노가 평생 후회를'이라는 글을 통해 그 예를 들어보자.

"중국을 통일하고 유럽까지 정복한 칭기즈칸은 사냥을 위해 매를 데리고 다녔습니다. 그는 매를 사랑하여 마치 친구처럼 먹이를 주며 길렀습니다. 하루는 사냥을 마치고 왕궁으로 돌아오는 길이었습니다. 그는 손에 들고 있던 매를 공중으로 날려 보내고 자신은 목이 말라 물을 찾았습니다. 가뭄으로 개울물은 말랐으나 바위틈에서 똑똑 떨어지는 샘물을 발견할 수 있었습니다. 그는 바위틈에서 떨어지는 물을 잔에 받아 마시려고 하는데 난데없이 바람 소리와 함께 자신의 매가 그의 손을 쳐서 잔을 땅에 떨어뜨렸습니다. 물을 마시려고 할 때마다 매가 방해하자 칭기즈칸은 몹시 화가 났습니다. 아무리 미물이라도 주인의 은혜를 모르고 이렇게 무례할 수가 있단 말인가라고 말하면서 한쪽 손에 칼을 빼어 들고 다른 손으로 잔을 들어 물을 받았습니다. 잔에 물이 차서 입에 대자 다시 바람 소리와 함께 매가 손을 치려고 내려왔습니다. 칭기즈칸은 칼로 매를 내려쳤습니다. 그가 죽은 매를 비키면서 바위 위를 보게 되었는데 거기에는 죽은 독사의 시체가 샘물 안에 썩어 있었습니다. 그는 자기가 화를 내서 그만 매를 죽인 것에 대해 크게 후회했습니다. 화를 내는 것은 자칫 일을 그르칠 뿐만 아니라 대의를 이루지 못합니다."

우주의 축소판이 모래 한 알이고 물 한 방울이며 영원의 축소판이 한 순간이라면 우린 모두 순간에서 영원을 살고, 각자는 각자 대로 누구든 뭣이든 자신이 사랑하는 대상을 통해, 온 우주를 사랑하게 되는 것이리라. 그러니 우리에게 주어진 이 지상의 '갭 이어'를 잘 활용해 그 더욱 경이로운 우주 여정에 오르게 되는 것이리. 우리 우주에 관한 시 여섯 편 같이 읊어보자.

우주

잠자리가 원을 그리며 날아가는 곳까지가
잠자리의 우주다

잠자리가 바지랑대 끝에 앉아 조는 동안은
잠자리 한 마리가

우주다

-안도현

축복

우주는

신의 몸

네 죄는

삼라만상을 사랑하지

않은 죄

사랑을 넘어 차라리

이젠 미물조차 공경하므로

용서 받으라

또한

축복을

-김지하

우주의 책

지구 위에서 날마다

우주의 책을 펼치지

넘기고 넘겨도 다시 남고

읽고 읽어도 다시 처음

한평생 나는 무엇을 읽었는가.

마침내 나는 보이지 않는 신의 그림자를 보았는가.

내 앞에 놓인 책 한 권 다 읽지 못하고

책 읽는 나조차 다 읽어내지 못하고

어리석은 한 생애 끝없는 독서

저녁마다 나는 별빛 아래 쓰러지고

새벽마다 나는 햇살 아래 부활하지

-정성수

사과 한 톨에 우주가 들어있다

사과 한 톨을

두 쪽으로 쪼개본다.

그 속에 까만 씨앗들이 들어 있다.

씨앗 속을 쪼개본다.

씨앗 속 씨앗 속에 씨알이 들어 있다.

사과 한 톨에

내가 들어 있다.

씨앗 한 톨에 우주가 들어 있다.

-이선옥

꿈꾸는 악기

입을 벌리고 말을 버리고

춤추는 손으로 대답한다.

춤추는 가슴으로 대답한다.

우주는 주인 잃은 꿈꾸는 악기

네가 울면 허공에

별 하나 뜨고

지상의 목숨들은 탈춤을 춘다.

떨리는 나뭇잎은 가지 끝에서

출렁이는 물결은 바닷가에서

-오세영

내 안의 우주

내 안에도 세상이 있다.

새가 있다.

노랑할미새가 있고 은빛 찌르레기가 있다.

쇠종다리도 있고 까치도 있다.

그 새들이 울어 늘 새소리가 난다.

물소리와 바람소리도 있고

해와 달과 별도 있다.

내 안에는 작지만 그런 우주도 있다.

하지만 눈에 보이는 우주보단

훨씬 더 큰 우주다.

너는 언제나 내 우주에 있고

너에게도 우주가 있다면

그곳에 나도 있었으면 좋겠다.

낮에는 티 없이 푸른 하늘의 해가 되거나

밤에는 부서질 듯 찬란한 별이 되거나

아기 손처럼 보드라운 바람이 되어도 좋고

향기 짙은 야생 들꽃이 되어

우연히 너의 눈길이라도 끌면 좋겠다.

내 안의 우주가 언제나

너로 인해 그렇게 아름답듯이

-안재동

우리의 '시대정신'은 무엇인가

"창작의 열기나 양적인 면에서 이 땅은 여전히 시의 나라라 할 만하다는 생각이 듭니다. 난숙한 자본주의 하에서도 그와 무관한 시의 생산이 전혀 위축되지 않는 것을 보면 기현상으로 보일 정도에요. 젊어서부터 시는 꼼꼼하게 읽는 것이라고 배웠습니다. 하지만 세월이 지나면서 시가 시대의 반영이란 생각이 강해지는 것 같아요. 시인들이 미쳐 인식하고 쓰지 못했더라도 그 안에 담긴 시대적 의미를 발견하는 것이 지금 비평가들의 몫이 아닐까 합니다."

최근 '지상의 천사'로 팔봉비평문학상을 수상한 이혜원 고

려대 미디어문예창작학과 교수가 한국일보와 인터뷰에서 하는 말이다. 비단 시에서뿐만 아니라 요즘 정치에서도 아웃사이더 전성시대라며 시대정신이란 말이 유행이다. 최근(11월 8일)미국 공화당의 대선 후보로 도널드 트럼프가 당선되고, '필리핀의 트럼프'로 불린 로드리고 두테르테가 지난 5월 9일 치러진 필리핀 대선에서 압승을 거두는가 하면 5월 5일 영국 런던의 시장 선거에선 이슬람 교인이며 파키스탄에서 영국으로 이민 와 버스 운전기사로 일했던 이민자의 아들 사디크 칸Sadiq Khan이 당선되었다. 바야흐로 종교에서도 탈종교 현상이 일어나고 있는 것, 아니 일어나야 할 것 같다. 이미 전 세계적으로 기독교의 가톨릭과 개신교 할 것 없이 신자 수가 급속도로 줄어 많은 성당이나 교회가 문을 닫는가 하면, 화석화되어 가던 이슬람의 과격파 극단주의가 중동지역을 위시해 아프리카와 동남아 일부 지역에서 기승을 부리고 있지만 시대착오적인 일시적 현상인 것 같다.

그럼 최근에 와서 서양에도 많이 전파된 불교 쪽을 좀 살펴보자. 최근 탤런트 신세경이 유네스코 한국위원회 특별홍보대사 자격으로 소외 여성들을 만나기 위해 인도로 떠났다는 기사를 봤다. 낮은 임금과 노동력 착취 등으로 생계를 꾸리기가 힘든 여성들은 카스트 제도와 종교적 차별, 가부장적 문화 등으로 지위가 낮고 성차별과 조혼 등의 이유로 교육의 기회를 대부분 박탈당하고 있다. 신세경은 "단순히 빵이나 생필품만으로 빈곤의 악순환을 해결하는 데 한계가 있다. 유네스코 한국위원회의 지구촌 교육 지원 현장을 방문해 배움으로 새 희망을 품고 사는 여성들을 만나게 돼 기쁘고 특별대사로서 책임을 느낀다."고 전했다. 네팔 왕국에서 왕자로 태어난 부처는 인간의 생로병사란 수수께끼를 풀어보려고 29세 때 왕궁을 떠나 인도로 가서 6년 고행 끝에 '연기법'이란 도를 깨쳤다고 하는데 이 연기법이란 뭘 말하는 것일까.

'연緣'은 인연因緣을, '기起'는 생긴다는 뜻으로 부처는 모든 것은 무상無常이라며 모든 것은 인연 따라 항상 변해가고, 일체가 무상이기에 일체가 고苦, 곧 고통이며 일체가 무상이기에 또한 일체가 무아無我라고 했다는데 이는 '나'라고 하는 실체가 없다는 말일테다. 그런데 다른 종교에서는 '나'가 있고, 기독교에서는 '나'가 죽으면 천당 아니면 지옥에 간다고 주장하지만, 불교에서는 '나'라는 주체가 없어 '무아'라 한다면, 어떻게 다음 세상에 다시 태어날 수가 있을 것인가. 그리고 불교에서는 다시 태어나는 것을 고통으로 보고 있다. 왜냐하면 다시 태어나면 또 늙어서 병들고 죽어야 하니까. 그래서 불교의 궁극적인 목적은 생과 사의 윤회에서 벗어나는 해탈解脫이라고 하나

보다. 독실하게 믿는 신자들에겐 모욕적이고 미안한 말이지만 적어도 나에게는, 같은 뿌리에서 나온 유대교, 기독교, 이슬람교의 교리가 구약성서의 창세기를 비롯해 하나같이 독선독단적인 억지 주장이라면, 불교사상은 너무도 수동적이고도 부정적으로 허무주의적 구름 잡이 같은 소리로밖에 안 들린다. 인생무상이니, 모두 다 인과응보의 자업자득이니, 인생은 고해와 같으니 차라리 앓느니 죽지 하는 식으로 마치 이 세상에 태어남이 축복이 아닌 저주처럼 무아지경의 '공空' 사상을 뇌까리는 공염불空念佛이 말이다.

네덜란드 문화사학자 요한 하위징아Johan Huizinga가 1938년 저서 '놀이하는 인간Homo Ludens-Playing Man'에서 놀이가 인류 문화의 기원이고 원동력이며 놀이의 본질은 재미라고 했듯이 우리 삶은 원초적으로 더할 수 없는 축복이요 즐거움이지, 그 어찌 저주스런 고통이라 할 수 있으랴. 그렇다면 오늘날 우리가 절실히 필요로 하는 시대정신이란 어떤 것일까? 내 생각으로는 그 동안 온갖 비극과 불행만 초래한 공산주의, 자본주의, 선민, 이방인, 또는 남자다 여자다, 선이다 악이다, 백이다 흑이다, 나 아니면 남이라는 2분법으로 배타적인 치졸한 각종 이념과 사상 및 종교를 졸업하고, 새장 속의 새나 우물 안 개구리 신세를 벗어나기 위해, 우린 모두 하나같이 우주적 존재로서 '코스미안Cosmian'이란 자의식을 갖는, 우주 만물이 다 나라는 사실을 깨닫는 것이리라.

모든 건 다 마음 짓이다

발라드의 황제 이승철이 최근 MBC 예능 프로 '복면가왕'에 판정단과 함께 출연해 출연자인 슬램덩크에게 한 마디를 던졌다. "제 경험상 가수로서 목소리는 지문 같다고 생각한다. 아무리 숨기려고 해도 숨겨지지 않는 존재감이 반가웠다." 이게 어디 목소리뿐이랴. 우리가 하는 말, 쓰는 글, 짓는 표정, 몸짓 하나 하나가 다 우리 각자 마음의 지문 아니겠는가. 인도의 산스크리스트어로 바퀴wheels나 원반disk을 뜻하는 '차크라chakra/camera'는 우리말로는 마음에 해당한다. 모든 건 마음에서 생기는 마음 짓이란 말일 게다. 산에 있는 모든 바위와 나무와 동물이 산심山心의 발현이고, 바다에 있는 모든 물고기와 해초와 산호가 해심海心의 발로이며, 하늘에 있는 모든 별들이 천심天心의 발산이요 발광이라면, 우리가 느끼는 사랑은 이 모든 마음의 발정이 아니랴. 또 산스크리스트로 '아바타avatar'는 신身의 화신으로 신이 천상계에서 지상계로 내려와 육체적 형상을 입는 것을 뜻하는데, 그럼 우주 만물이 다 우주의 마음 '우심宇心'의 아바타로 삼라만상이 되는 게 아닌가. 그러니 내 마음은 내 마음이 아니고 '우심'이고 이 '우심'이란 다름 아닌 '사랑'임에 틀림없어라. 따라서 만물은 이 '사랑'의 세포요 분자分子이어라. 꽃이 피는 것이 그렇고 별이 반짝이는 것이 그러하며 내가 너를 사랑하는 것이 그러하리라. 우리 마음에 관한 시 세 편 같이 좀 읊어보자.

마음

물고기에게는 물이 길이리라
나무에게는 나무가 길이리라
모래에게는 모래가 길이리라
문 없는 문을 가는 마음
보이는 것에겐 보이지 않는 것이 길이리라

-강은교

마음을 위한 기도

해같이 밝은 마음

달같이 포근한 마음

별같이 반짝이는 마음

옹달샘같이 맑은 마음

강같이 흐르는 마음

바다같이 깊은 마음

불같이 뜨거운 마음

흙같이 순한 마음

하늘같이 넓은 마음

산같이 의연한 마음

그런 마음 하나 품기를

늘 기도하며 살게 하소서

-정연복

들으라, 내 마음아

일어나라, 내 마음아.

일어나 동트는 새벽과 같이 움직여라.

밤이 지나고

두려운 밤은

검은 꿈과 함께 사라졌으니.

일어나라, 내 마음아,

소리 높이 노래 부르라;

노래로 새벽을 반기지 않는 자는

어둠의 자식일 뿐이니.

BE STILL, MY HEART

Arise, my heart.

Arise and move with the dawn.

For night is passed

and the fears of night have vanished
with their black dreams.

Arise, my heart,
and lift your voice in a song;

For he who joins not the dawn
with his singing is but a child of darkness.

-칼릴 지브란

우린 사랑이 꽃 피고 반짝이는 별들이어라

지난 5월 10일 미국 항공우주국NASA은 우주망원경 케플러의 데이터를 분석해 1,284개의 행성을 찾아낸 뒤 이 중 9개를 '제2의 지구' 후보 목록에 올렸다. NASA에 따르면 외계행성 1,284개 중 550개는 지구처럼 암석으로 이뤄졌고, 크기도 지구와 비슷하다. 행성은 구성 성분에 따라 암석으로 이뤄진 것과 목성처럼 가스로 이뤄진 것으로 분류되는데 천문학자들은 암석형 행성에 생명체가 존재할 가능성이 높은 것으로 보고 있다. NASA에 의하면 550개 가운데 9개는 이른바 생명체 존재 가능 영역에 속해 있는데 중심별과의 거리를 따져봤을 때 행성 표면에 물이 액체 상태로 존재할 수도 있다는 뜻이다. 생명체 생존 가능 영역에 위치한 행성을 천문학자들은 '골디락스Goldilocks'라고 부르는데 지금까지 발견된 외계 골디락스 중 지구와 크기가 유사한 행성은 10여개로 이날 NASA가 발표한 9개를 합하면 20여개나 된다. 이 가운데 암석형이면서 실제로 물이 존재하고 대기의 양과 압력 등이 적절한 행성이 있다면 '제2의 지구'일 가능성이 크다.

이와 같은 외계행성 탐색과는 반대로 우리 내계행성 탐색의 결실이라 할 수 있는 책이 한 권 나왔다. 지난 5월 출간된 '유전인자 : 그 내밀한 역사THE GENE : An Intimate History By Siddhartha Mukherjee'이다. 퓰리처상 수상작이면서 베스트셀러인 '모든 병의 황제The Emperor of All Maladies' 저자이기도 한 암전문의 싯다르타 무커지 박사의 신간은 "과학사상 가장 유력하고 위험한 아이디어 중 하나(유전인자)의 탄생, 성장, 영향, 그리고 미래the birth, growth, influence, and future of one of the most powerful and dangerous ideas in the history of science"를 탐색한다. 이렇게 우리 인간의 유전인자의 역사를 고찰한 후 저자는 "우린 스스로 자신을 읽고 쓰자.We will learn to read and write ourselves, ourselves."고 역설한다. 주어진 유전자를 악용하지 말고 잘 쓰자는 말이다. 과학자들은 한 인간을 만드는 데 21,000개 내지 23,000개의 유전인자가 있어야 한다고 보는데, 이 유전인자란 하나의 메시지로 어떻게 프로테인을 만들 것인지를 알려주는 지시 사항이란다. 그리고 이 프로테인이 형태와 기능을 만들어 유전인자를 규정짓게 된다고 한다. 또 한 권의 책이 우리 우주를 안팎으로 관찰한다.

또한 지난 5월 출간된 '잠 안 오는 밤에 읽는 우주 토픽'으로 '천문학 콘서트' 저자 이광석은 강화도 산속에 천문대를 세우고 낮에는 천문학 책, 밤에는 별을 보면서 '우주를 읽으면 인생이 달라진다.'를 몸소 실천해왔단다. 이 대우주의 속성이 일체무상一切無常이다.(14-16쪽) 인간의 몸을 이루는 원소들은 어디서 만들어졌을까. 모두 별에서 왔다. 수십억 년 전 초신성 폭발로 우주를 떠돌던 별의 물질들이 뭉쳐져 지구를 짓고, 이를 재료 삼아 모든 생명체들과 인간을 만들었다. 물아일체物我一體다.(144-145쪽) 이렇게 저자는 우주를 쉽고 재미있게 알려준다. 단순 과학 지식의 나열이 아니라, 문학, 역사, 철학, 수학, 화학, 물리학, 생물학 등을 동원한 종횡무진 다양한 비유와 예시로 천문학과 우주론을 풀어준다는 평이다. 우린 어렸을 적, 시골 집 마당에 펴 논 멍석에 누워 밤하늘에 떠있는 수많은 별들을 보면서, '별 하나 나 하나, 별 둘 나 둘, 별 셋 나 셋…….'하지 않았었나. 피아일체彼我一體라고 너와 내가 하나라는 말이 있지만 우주에 관한 한 안팎이 따로 없는 내외일체內外一體라 해야 하리라. 그렇다면 이 내외일체인 우주의 화신이요 분신인 우리 각자의 정체성은 무엇일까?

전 세계 팬들에게 폭발적인 사랑을 받는다는 일러스트레이터 '퍼엉Puuung' 본명은 박다미 씨의 최근 출간된 아름다운 그림 에세이집 '편안하고 사랑스럽고 그래'에는 사소하지만 숨 막힐 정도로 로맨틱한 젊은 연인의 일상을 옮겨낸 일러스트레이션 작품들이 담겨 있단다. 퍼엉은 그의 그림 에세이집을 통해 이렇게 말한다. "누구에게나 공감을 끌어낼 수 있는 소재가 사랑이고 그 사랑은 소소한 일상에서 스치듯 빛을 발한다고 생각해요. 저는 이런 일상 속에 숨어 있는 의미들을 찾아서 옮겨 그리는 작업을 하고 있습니다." 그러니 우주는 안팎으로 다 사랑이고 우리 각자는 각자 대로 이 사랑의 화신이요 분신으로 이 우주적 사랑이 꽃 피고 반짝이는 별들이어라. 자, 이제 우리 별에 관한 시 여섯 편 읊어보리라.

별에게 물어 봐야지

내게
별빛 한 줄기 달려오는데
140억 년이나 걸렸대
오직 내게로만 오는데

오늘 밤,

별에게 물어 봐야지

학교 갔다 오는 나처럼

놀다 오지는 않았는지

개울에 들러 가재를 잡았다던가.

장난감 가게 앞에서 쪼그리고 앉아

구경 조금

하지는 않았는지

거미줄에 맺힌 빗방울이랑

풀잎이 달고 있는 아침이슬

보랏빛 작은 제비꽃을 보고도

정말, 그냥 지나쳤는지

그래서

오랜 시간이 걸린 건 아니냐구

오늘 밤, 별에게

꼭 물어봐야지.

그래, 그것도 물어 봐야겠다.

나도 별처럼 빛이 되려면

얼마나 걸리는지

그것도 꼭

물어 봐야겠다.

-허명희

사랑을 위한 서시

나는 행복하다

네가 이 세상에

존재한다는

그 사실 하나 만으로도

외롭고 먼 이름 하나 있어

어두운 저녁마다

나를 지키는 별이 된다.

우리의 운명은 애초부터

멀리 떨어져 있도록

예정되어 있는가.

수천 광년을 달려가도

만나지 못하는 거리

외롭고 쓸쓸한 이름 하나 있어

고독한 저녁마다

나를 지키는 별이 된다.

네가 이 세상에

그저 존재한다는

것만으로도 행복한 나

-윤수천

그대 그리운 별

그대 사랑할 때

별이 되고 싶어라

하늘에서 이슬 머금은 별

유난히 반짝이지 않는 그리움의 별

사랑 하나로 별이 되고

그리움 하나로 별이 되고

바람이 될 수 있다는 걸

그대는 아시려나.

그대 사랑하면 외로움으로

허공중에 표류 한다는 걸

그대 사랑할 때

외로운 별이 되고

바람이 되어도

온몸에 눈물 머금은 이슬 되어도

맺힐 수 없고

반짝일 수 없다는 걸

그리운 그대는 아시려나.

차마 바람이 되고

별이 될 수 없다는 걸

그대는 아시려나.

-박장락

그대가 별이라면

저는 그대 옆에 뜨는 작은 별이고 싶습니다.

그대가 노을이라면

저는 그대 뒷모습을 비추어주는

저녁 하늘이 되고 싶습니다.

그대가 나무라면

저는 그대의 발등에 덮인
흙이고자 합니다.

오, 그대가
이른 봄 숲에서 우는 은빛 새라면
저는 그대가 앉아 쉬는
한창 물오르는 싱싱한 가지이고 싶습니다.

-이동순

별빛, 저 환한 눈물 한 점

별이 밤마다 반짝이는 것은
아득한 세월 우주를 떠돌던 외로움 때문이다.
그대에게 닿고 싶었던
간절한 마음 한 줌 있었기 때문이다.
그래서 소신공양 제 몸에 불 질러
한사코 빛 뿌리고 있는 것이다.

별이 어둠 속에서 반짝이는 것은
제 몸 다 사르고 남은 외로움이

둥글고 환한 사리가 되었기 때문이다.
데굴데굴 굴러가 그대에게 가 닿고 싶은 마음이
세월 속에서 단단하게 뭉쳤기 때문이다.

별빛 저 환한 눈물 한 점.
별은 제 외로움 끝나는 날까지
제 몸 사르는 일 그만 둘 수가 없다.
지금도 어둠 속에서 별이 반짝이는 것은
수수천년 무릎걸음으로 다가가야 할 그대와의 거리가
아직도 까마득하기 때문이다.

-주용일

별키우기

나만의
별 하나를 키우고 싶다.

밤마다 홀로 기대고
울 수 있는 별

내 가슴 속

가장 깊은 벼랑에 매달아 두고 싶다.

사시사철 눈부시게 파득이게 하고 싶다.

울지 마라, 바람 부는 날은

별이 떠 있으면

슬픔도 향기롭다.

-문정희

웃지 못하겠거든 죽어버려라 *Laugh or Die*

미국 오바마 대통령의 연설문 담당 선임비서관으로, 주로 대통령의 농담과 유머 수석 작가로 불린 데이빗 리트David Litt는 24세였던 2011년 백악관에 입성해 지난 1월까지 근무하다 2월 유머 전문 코미디 제작사 '웃기지 못하면 죽어버려라Funny or Die'로 자리를 옮겼다. 뉴욕타임스 등 미국 매체들은 이 소식을 전하면서 앞으로 미국의 정치풍자가 더 재미있어질 것으로 기대된다고 보도했다. 오바마 대통령뿐만 아니라 역대 성공한 대통령들은 모두 국민을 웃기는 일이 얼마나 중요한지를 잘 알고 하나같이 '웃기는 대통령'이었다. 1996년 미국 대선에서 공화당 대통령 후보였던 밥 돌 전 상원의원은 2000년 '위대한 대통령의 위트Great Presidential Wit : Laughing (Almost) All the Way to the White House'란 책을 내고 역대 대통령 순위를 유머감각을 기준으로 매기기도 했다. 1위에 오른 링컨 대통령이 '두 얼굴의 이중인격자two-faced'란 비난에 "내게 얼굴이 둘이라면, 이 못생긴 얼굴을 하고 있겠습니까? If I were two-faced, would I be wearing this one?"라고 대꾸했다는 일화는 유명하다. 이처럼 유머의 진수는 남의 약점을 이용하지 않고 자신의 약점을 들춰내 스스로를 낮추고 망가뜨리는 데 있는 것 같다. 요즘 미국에서 유행하는 농담 10개만 들어 보자.

1. 남자 눈사람과 여자 눈사람의 차이는? [눈불알]
2. 수학자의 무덤 비석에 뭐라고 적지? [그는 이렇게 죽을 걸 계산 안 했다]
3. 여자 친구 말이 나는 백만 명 중에 하나라는데 그녀의 문자 메시지를 보니 맞는 말이더라.
4. 대학에서 여러 해 동안 공부한 끝에 마침내 PhD(철학박사)가 됐다. 사람들은 나를 피자집 배달원이라 부른다.
5. 비관론자 : "사정이 더 이상 나빠질 수는 없어!"
   낙관론자 : "아니야, 물론 그럴 수 있어!"
6. 한 나체 여인이 은행을 털었다. 그런데 아무도 이 여자의 얼굴은 기억하지 못하더라.
7. 정치인들과 기저귀의 공통점은? [둘 다 규칙적으로 갈아야 한다.]

8. 꼬마 조니가 아빠에게 묻는다.

"바람은 어디서 오는 거야?"

"난 몰라."

"개는 왜 짖어?"

"난 몰라."

"지구는 왜 둥글어?"

"난 몰라."

"많이 물어봐서 귀찮아?"

"아니야, 아들아. 물어봐. 안 물어보면 넌 영원토록 아무 것도 모를 거야."

9. "할아버지, 왜 생명보험 안 드셨어요?" [내가 죽으면 너희들이 다 정말 슬퍼하라고]

10. 내가 북한 친구에게 북한에 사는 게 어떠냐고 물었지. 그가 말하기를 불평할 게 없이 다 좋다고 하더군.

자, 이제 우리 진지하게 생각 좀 해보자. 우리가 이 세상에 태어난 이상, 또 아무리 힘들고 슬픈 일이 많다 해도, 매사에 너무 심각해 할 것 없이 웃어넘길 수 있지 않으랴. 웃다 보면 모든 게 다 깃털처럼 가볍고 구름처럼 덧없으며 바람처럼 스치는 게 아니던가. 어차피 꿈꾸듯 하는 게 인생이라면 말이다. 우리 웃음에 관한 시 여섯 편 읊어보자.

한바탕 웃음으로

이제는 더러더러 흘리고 살자.

손가락 사이사이

세숫물 새어나듯

고왔던 추억도

쓰라린 설음도

이제는 더러더러 흘리고 살자.

여름날 낙수에

막혔던 찌꺼기 내려가듯

이제는 더러더러 흘리고 살자.

재빠른 발걸음도

빈틈없는 리듬도 반박자만 낮추고

이제는 더러더러 흘리고 살자.

-하영순

목련의 웃음

꽃잎이 커서 흔들려도
바람을 원망하지 않고
우아한 춤을 출 수 있습니다.

벌과 나비 날아오지 않아도
순정과 고결함
그 향기를 뿜을 수 있습니다.

태양이 지고 달이 떠도
맑고 하얀 얼굴로
함박웃음을 웃습니다.

하얀 꿈이 있고
빨간 용기가 있어
힘차게 웃을 수 있습니다.

-윤의섭

아가의 웃음

까르르 웃는 아가의 웃음은
예송리 갯돌처럼
작고 동그랗네

동그랗고 미끄러워
한없이 자갈자갈 구르네.

물기라도 묻으면 반짝거리며 빛나고
때론 우루루 하늘 올라 별도 되는 것이라
우리의 웃음이 점점 비뚤어지거나
차마 억지로 웃거나
그 속에 날카로운 가시를 품은 것과
얼마나 다른가.

이제도 함부로 궁구르며
반질반질 닳아지며
좀 작고 못났으면 어떤가.
저렇듯 잘 익은 열매처럼
나도 동그랗게 동그랗게 닳았으면 좋겠네. -김영천

수줍은 웃음[스리랑카 기행시·3]

늪에서는 지금 막 연꽃이 시드는데

흙탕물 끼얹어 몸을 씻는 여자들

벗은 발바닥이야 쇠가죽처럼 굳었을지라도

진초록 잎새며, 진홍의 꽃그늘

고무나무 아래서 홍차를 마시고

돌을 갈면 루비 보석 해맑게 빛나

그림같이 남 보기에 그럴까

그림같이 열린 듯 쏘는 듯 커다란 눈으로

후궁처럼 돌아서서 입 가리고 웃는 여자

잃어버린 수줍음을 거기서 찾았다

그보다 훨씬 하얀, 죄가 묻은 손등으로

돌아서서 나도 입 가리고 웃었다

세상일 무엇 하나 성한 것이 없다

하나부터 열까지 부끄러움뿐이다

-이향아

미소

미소는 아무 비용이 들지 않지만 많은 것을 준다.

단지 순간이 걸리지만 그 기억은 보통 영원히 계속 된다.

너무 부유해서 미소 없이 살아갈 수 있는 사람은 없다.

너무 가난해서 미소로 부자가 될 수 없는 사람은 없다.

미소는 주는 사람을 가난하게 하지 않고

받는 사람을 부유하게 한다.

미소는 집안에 햇살을 창조하고

일에서 선의를 조성한다.

그리고 문제를 위한 최고의 해독제다.

그렇지만 청하거나 빌리거나 훔칠 수 없다.

미소는 주지 않는 한 가치가 없기 때문이다.

-작자 미상

미소

제비꽃 작은

미소하나

너에게로 띄워 보냈다

나에게로 돌아온
채송화처럼
환한 웃음 한 다발

두둥실 하늘을
나는 마음에
난 다시 너에게로

나팔꽃
싱그러운 웃음 한 바구니
실어 보냈다

미소에서 미소로 이어지는
이 신비한 전염

행복한 미소의
에스컬레이션

-정연복

反逆 반역의 創作 창작이어라

"21살이던 7년 전만 해도 한국어를 몰랐고 한국인을 만나 본 적도 없어요." 지난 5월 16일 한강의 소설 '채식주의자The Vegetarian'를 영어로 번역해 맨부커상the 2016 Man Booker International Prize For Fiction을 공동 수상한 데보라 스미스Deborah Smith(28)의 말이다. 영국 국영방송 BBC는 이렇게 보도했다. 21세까지 영어밖에 모르던 스미스는 영문학 학위를 런던대학에서 받으면서 영한 번역가가 부족하다는 사실을 알게 돼 번역가가 되기로 결정했다. "난 한국문화와 아무런 접촉이 없었다. 그래도 나는 번역가가 되길 원했다. 왜냐하면 번역은 읽기와 글쓰기를 서로 동반하기에 나는 외국어를 배우고 싶었다. 한국어가 이상하게도 내게는 명백한 선택어 같아 보였다. 실제로 이 나라 영국에서 공부하거나 아는 사람이 없는 언어인 까닭에서였다. Smith, whose only language was English until she was 21, decided to become a translator on finishing her English Literature degree having noticed the lack of English-Korean translators. I had no connection with Korean culture. I don't think I had even met a Korean person but I wanted to become a translator because it combined reading and writing and I wanted to learn a language. Korean seems like a strangely obvious choice, because it is a language which practically nobody in this country studies or knows."

소설 '채식주의자'는 스토리 중심의 구성이 아니어서 번역이 쉽지 않은 작품이라 절제된 문체에 함축된 의미를 영어로 표현하기가 극히 어려웠을 텐데, 문학 평론가 보이드 톤킨Boyd Tonkin 심사 위원장은 완벽하게 적합한 번역이라고 극찬하며 "소설이 지닌, 아름다움과 공포의 기괴한 조화를 영어로 대목마다 잘 표현했다. Deborah Smith's perfectly judged translation matches its uncanny blend of beauty and horror at every turn." 평가했다. 어려서부터 이중 언어를 자유자재로 구사하는 이중원어민도 아니고 같은 동양권도 아닌 서양 여성으로 21세 때 처음으로 한국어를 한국도 아닌 영국에서 교재를 통해 배우기 시작해, 평생토록 매달렸어도 불가능했을 이런 기적 같은 일이 어떻게 가능할 수가 있었을까. 내가 추리해 판단컨대, 데보라 스미스가 '번역'을 하지 않고 '반역'을 해서인 것 같다. 흔히 번역도 창작이라고 하지만 그냥 창작이 아니고 '반역反逆의 창작創昨'을 했기 때문이리라.

일찍이 독일의 시인 칼 빌헬름 프리드리히 슐레겔Karl Wilhelm Friedrich Schlegel은 "좋거나 훌륭한 번역에서 잃어버리는 것이 바로 최상의 것이다. What is lost in the good or excellent translation is precisely the best."라고 했다는데 '반역의 창작'을 의미하는 것이었으리라. 이 '반역의 창작'은 문학작품 번역에만 적용되는 게 아니고 인생 전반 각 분야 삶 전체에 해당되는 것이 아닐까. 해 아래 새것이 없다고 하지만, 각자는 각자대로 늘 새롭게 느끼고 생각하며 체험 하는 걸 창의적이고 독자적으로 표현하는 것이리라. 데보라 스미스의 경우, 우리가 주목해야 할 점은 우선 그녀가 남들이 안 하는 한국어를 선택했다는 거다. 남의 뒷다리나 긁지 않고, 다들 서쪽으로 몰려 갈 때 자신은 동쪽으로 향했다는 말이다. 이것이 개척정신이요 모험심이 아니겠는가. 다음으로 내 경험상 짐작컨대 그녀는 '채식주의자' 한 문장 한 문장, 한 구절 한 구절, 한 단어 한 단어, 한 음절 한 음절을 결코 직역하지 않고 한국어가 아닌 영어 식으로, 그것도 다른 서양인이나 영국인이 아닌 자기만의 스타일로 의역했음에 틀림없다. 그렇지 않고서는 그토록 특출 나게 뛰어난 쾌거를 이룩할 수 없었으리라.

불후의 미국 고전 영화 '에덴의 동쪽'과 '이유 없는 반항' 그리고 '자이언트' 이렇게 단 세 편만 찍고 요절한 전설적인 배우 제임스 딘의 생전 인터뷰기사를 읽은 적이 있다. 이 인터뷰에서 그는 자신이 연기를 하지 않고 자신이 역을 맡은 인물이 돼서 그 인물의 삶을 순간순간 완전 몰입해서 살았노라고 했다. 내가 1955년 대학에 진학해 얼마 안 됐을 때, 청소년 영화 신인 남자 주인공 배우를 찾는다는 광고를 보고 응모해 수백 명의 경쟁자를 물리치고 최종 선발되었으나, 6개월 동안 지방 로케를 해야 한다고 해서 휴학을 하나 잠시 고민하다가 고사하고 포기한 적이 있다. 그 당시 오디션에서 나는 건네받은 대사 대본을 읽어보지도 않고 즉흥적으로 내키는 대로 연기 아닌 '실연'을 해 보였던 기억이 있다. 모르긴 해도 그래서 낙점이 되었으리라. 또 모르긴 해도, 남들처럼 다 지망하는 정치과다 법과다 의과다 상과다 경제과다 또는 신학에 목을 맸었다면 지난 80년간 살아온 내 삶을 살아보지 못했을 것이다. 세상이 주는 의미 없는 '상'을 타거나 그 누구의 추천을 받아 문단에 시인이나 작가로 등단한 일 없어도, 내가 꼭 쓰고 기록하고 싶은 책을 그 동안 10여 권 낼 수 있었던 것만으로 나는 더할 수 없이 만족스럽고 행복할 뿐이다. 이것이 어려서부터 다 내 나름의 '반역의 창작'적 삶을 살아 온 결실이리라.

사랑의 노예가 되어보리

큰 그림이 숙명이라면 작은 그림은 운명이라고 할 수 있으리라. 우주에 존재하는 수많은 별들 가운데 지구라는 별에, 수많은 생물 중에 인간으로, 어떤 나라와 사회 그리고 지역에, 어느 시대와 시기에, 어떤 부모와 가정환경에, 어떤 신분과 여건에, 어느 성별로 태어나느냐가 어쩔 수 없는 숙명이라면 이를 어떻게 받아들이고 대응하는가가 운명을 결정한다고 볼 수 있지 않을까? 숙명의 '宿'은 잘 숙 자이고 운명의 '運'은 운전할 운 자인 것이 흥미롭다. 그렇다면 고정된 게 숙명이고 변하는 게 운명 이란 뜻인가. 영어로는 destiny, doom, fate, fortune, lot 등의 단어가 사용 된다. 영어 노래 제목에도 있듯이 '넌 나의 운명You Are My Destiny'이라 할 때는 '넌 나의 종착지'란 의미에서 '넌 나의 숙명'이라고 할 수 있을 것이다. 폴 앵카Paul Anka가 부른 노래 가사를 우리 음미해 보자.

> 넌 나의 숙명 *You are my destiny*
> 넌 나의 숙명 *You are my destiny*
> 넌 나의 꿈 *You share my reverie*
> 넌 나의 행복 *You are my happiness*
> 그게 바로 너야 *That's what you are*
> (넌 나의 숙명이야 *You're my destiny)*
> 넌 내게 안겨 있지 *You have my sweet caress*
> 넌 내 외로움을 달래주지 *You share my loneliness*
> 넌 내 꿈이 이루어진 현실이지 *You are my dream come true*
> 그게 바로 너지 *That's what you are*
> (넌 내 숙명이지 *You're my destiny)*
> 하늘 하늘만이 *Heaven and Heaven alone*
> 네 사랑을 내게서 앗아갈 수 있어 *Can take your love from me*
> 내가 널 떠난다면 *'Cause I'd be a fool*
> 난 정말 바보일 거야 *To ever leave you dear*
> 그런 일은 절대 없을 거야 *And a fool I'd never be*
> 넌 나의 숙명 *You are my destiny*

넌 나의 꿈 *You share my reverie*

넌 내 목숨 이상이야 *You're more than life to me*

그게 바로 너야 *That's what you are*

넌 내 숙명이야 *You are my destiny*

넌 내 꿈이야 *You share my reverie*

넌 내 행복이야 *You are my happiness*

그게 바로 너야 *That's what you are*

(나의 숙명 *My destiny*)

영어로 It was my fate to be or to do라고 할 때 '내가 어떻게 되거나 뭘 하게 될 운명 또는 숙명이었다.'고 하는가 하면 '운명의 총아'라 할 때는 'a child of fortune'이라고 행운아란 뜻이고, '누구와 운명을 같이 한다' 할 때는 'cast one's lot with someone'라고 'one's lot' 곧 '내 몫을 누구에게 건다.'고 한다. 그리고 'He met his doom bravely.' 할 때처럼 'doom'은 불행한 종말을 가리킨다. 최근 영국에 사는 친구가 영국 여왕의 어렸을 때부터 찍힌 사진들을 동영상으로 보내온 것을 보고 나는 이렇게 한마디 코멘트를 답신으로 보냈다. "왕관의 노예로 90 평생을 살고 있는 모습 보기 딱하다"고 일침을 해서 보냈다. 물론 세상에는 이 영국 여왕의 신세를 부러워할 사람들이 많겠지만 나는 사랑을 위해 대영제국의 왕위를 버린 윈저공Duke of Windsor을 떠올렸다. 조지5세의 아들로서 1936년 43세의 나이로 왕위에 올랐으나 재위 1년을 채우지 못하고 미국의 이혼녀 심슨부인과의 사랑 때문에 퇴위한 에드워드8세 얘기다. 당시 라디오를 통해 퇴위를 발표한 그의 대사 전문을 옮겨본다.

"오래 고심 끝에 몇 마디 내 말을 할 수 있게 됐다. 난 언제나 아무 것도 숨기려 하지 않았으나 지금까진 헌법상 밝힐 수가 없었다. 몇 시간 전에 왕이자 황제로서 내 마지막 임무를 마쳤고 이젠 내 아우 요크공이 왕위를 계승했으므로 내가 할 첫 마디는 그에 대한 내 충성을 선언하는 것이다. 이를 나는 충심으로 하는 바이다. 백성 모두가 내가 퇴위하게 된 이유를 잘 알고 있겠지만 내가 결심하는데 있어 지난 25년 동안 웨일즈 왕자 그리고 최근에는 왕으로서 섬기려고 노력해온 나라와 제국을 잠시도 잊지 않았음을 알아주기 바라노라. 그러나 내가 사랑하는 여인의 도움과 뒷받침 없이는 왕으로서의 막중한 책무를 수행하기가 불가능하다는 것을 깨달았다는 내 말을 백성들은 믿어주기를 바라노라. 또한 이 결정은 나 혼자 한 것임을 알아주기를 바라노라. 전적으로 나 스스로 판단해서 내린 결정이었음을. 내 곁에서 가장 걱정해준 사람은 마지막까지 내 결심을 바꿔보려고 애썼다는 사실도. 무엇이 궁극적으로 모두에게 최선이겠는가, 단 한 가지 생각으로 내 인생의 가장 심각한 이 결심을 나는 하였노라. 이렇게 결심하기가 좀 더 쉬웠던 것은 오랫동안 이 나라의 공적인 업무수행교육을 잘 받아왔고 훌륭한 자질을 겸비한 내 아우가 즉시 내 뒤를 이어 제국의 발전과 복지에 어떤 차질이나 손실 없이 국사를 잘 볼 것이라는 확신이 있었기 때문이고, 또 한 가지는 많은 백성들도 누리지만 내게는 주어지지 않았던 축복, 처자식과 행복한 가정을 가졌다는 사실이었노라. 이 어려운 시기에 나의 어머님 국모님과 가족들로부터 난 위안을 받았고, 내각 특히 볼드윈 수상이 항상 나를 극진히 대해 주었으며, 각료들과 나 그리고 나와 국회, 우리 사이에 헌법상 어떤 이견도 없었노라. 내 선친으로부터 헌법에 기준한 전통을 이어받은 나로서는 그런 일이 일어날 것을 허용치 않았을 것이었노라. 내가 웨일즈 왕세자로 책봉된 이후 그리고 왕위에 오른 뒤 대영제국 어디에 거주했던 간에 가는 곳곳마다 각계각층 사람들로부터 받은 사랑과 친밀감에 대해 깊이 감사하노라. 이제 내가 모든 공직에서 떠나 내 짐을 벗었으니 외국에 나가 살다가 고국에 돌아오려면 세월이 좀 지나겠지만 나는 언제나 대영제국의 번영을 기원하면서 언제라도 황제 폐하께 공인이 아닌 개인의 자격으로 섬길 일이 있다면 주저치 않을 것임을 천명하노라. 자, 이제, 우리 모두 새 왕을 맞았으니 그와 그의 백성 모두에게 행복과 번영이 있기를 충심으로 기원하노라. 백성 모두에게 신의 축복이 있기를! 왕에게 신의 가호가 있기를! At long last I am able to say a few words of my own. I have never wanted to withhold anything, but until now it has not been constitutionally possible for me to speak. A few hours ago I discharged my last duty as King and Emperor, and now that I have been succeeded by my brother, the Duke of York, my first words must be to declare my allegiance to him. This I do with all my heart. You all know the reasons which have impelled me to renounce the throne. But I want you to understand that in making up my mind I did not forget the country or the empire, which, as Prince of Wales and lately as King, I have for twenty-five years tried to serve. But you must believe me when I tell you that I have found it impossible to carry the heavy burden of responsibility and to discharge my duties as King as I would wish to do without the help and support of the woman I love. And I want you to know that the decision I have made has been mine and mine alone. This was a thing I had to judge entirely for myself. The other person most nearly concerned has tried up to the last to persuade me to take a different course. I have made this, the most serious decision of my life, only upon the single thought of what would, in the end, be best for all. This decision has been made less difficult to me by the sure knowledge that my brother, with his long training in the public affairs of this country and with his fine qualities, will be able to take my place forthwith without interruption or injury to the life and progress of the empire. And he has one matchless blessing, enjoyed by so many of you, and not bestowed on me a happy home with his wife and children. During these hard days I have been comforted by her majesty my mother and by my family. The ministers of the crown, and in particular, Mr. Baldwin, the Prime Minister, have always treated me with full consideration. There has never been any constitutional difference between me and them, and between me and Parliament. Bred in the constitutional tradition by my father, I should never have allowed any such issue to arise. Ever since I was Prince of Wales, and later on when I occupied the throne, I have been treated with the greatest kindness by all classes of the people wherever I have lived or journeyed throughout the empire. For that I am very grateful. I now quit altogether public affairs and I lay down my burden. It may be some time before I return to my native land, but I shall always follow the fortunes of the British race and empire with profound interest, and if at any time in the future I can be found of service to his majesty in a private station, I shall not fail. And now, we all have a new King. I wish him and you, his people, happiness and prosperity with all my heart. God bless you all! God save the King!"

– 에드워드8세(1936년 12월 11일)

그럼 나이 90세인데도 자식이나 손주에게 물려주지 않고 백발에 왕관을 쓰고 있는 현 영국여왕 엘리자베스 2세와 달리 윈저공의 경우는 왕관의 노예가 아닌 사랑의 노예였다고 해야 하나. 하지만 권력이나 명예나 재산의 노예가 되기보다 사랑의 노예가 되는 게 비교도 할 수 없이 그 얼마나 더 행복한 일일까. 그렇지 않고서야 어찌 왕위까지 버릴 수가 있었을까. 그런데 사랑보다 더 무서운 건 생각하기에 따른 사상과 믿기에 따른 신앙이란 허깨비들이 아닐까.

지난 5월 17일 서울 강남역 인근 화장실에서 20대 여성이 칼에 찔려 살해된 채 발견됐다는데 범인은 정신 병력을 가진 30대 남성으로 "여자들이 나를 무시해서 그랬다"고 밝혔단다. 따라서 여성혐오 범죄에 대한 각성을 촉구하는 사회운동이 일

파만파 번지고 있다는데, 동서양을 막론하고 여성혐오의 근본 원인을 찾아보자. 영어로 여성혐오는 misogyny라 하는데 여성을 싫어하고 미워한다는 뜻 말고도 성차별을 비롯해서 여성에 대한 폭력, 여성의 성적 도구화까지 다양하다. 서양에서는 아담의 갈비뼈로 이브를 만들었다는 등, 아담에게 금단의 선악과를 먹여 낙원에서 쫓겨나도록 한 것도 여성인 이브라는 등, 구약성서 창세기 설화가 있는가 하면, 봉인된 판도라의 항아리를 열어 세상에 죽음과 질병, 질투와 증오 같은 재앙을 불러 온 것도 최초의 여자 '판도라'라는 그리스 신화가 있다.

동양에서도 남존여비 사상이 뿌리 깊어 우리 한국에서는 "여성은 알게 할 것이 없고 다만 좇게 할 것"이라는 유교적 이데올로기가 그 근본이었다. 그래서 '암탉이 울면 집안이 망한다'는 속담까지 있지 않나. 중국에는 전족纏足이라고 계집아이의 발을 어려서부터 피륙으로 감아 작게 하던 풍속이 있었으며 일본에서는 공식 석상에서 아내는 남편과 나란히 걷지 못하고 세 걸음 뒤에서 따라가야 하는 등 온갖 폐습이 있지 않은가. 어디 그뿐인가. 중동에선 여성들만 히잡을 착용, 마치 닌자처럼 복면을 하고 다녀야 하고 아프리카에선 여성에게만 하는 검열삭제라고 여성 생식기를 못 쓰게 만드는 미개한 짓거리가 아직도 자행되고 있다. 우리 귀에도 익숙한 노래 "My my my

Delilah Why why why Delilah"라는 팝송의 후렴구 'Delilah'는 웨일스 출신 가수 톰 존스의 노래로 웨일스인들에겐 국가에 해당하고, 2012년 엘리자베스 2세 즉위 60주년 행사에선 '떼창'을 했었는데 그 노랫말은 한마디로 하자면 '데이트 살해'다. 사랑한 여인에게 다른 남자가 있다는 것 알고 칼을 휘두르는 내용이다.

그러니 아직까지도 세계 곳곳에서 계속되고 있는 마녀사냥의 사냥개나 숙명이든 운명이든 모든 신화와 전설과 인습의 노예가 되느니 차라리 모든 걸 초월할 수 있는 사랑의 노예가 되어보리. 남녀 불문하고 우리 어서 남신男神은 흔적도 없이 화장해 버리고 여신女神 시대로 천지개벽하는 뜻에서 정현경의 여신女神 십계명을 받아 지켜보자.

1. 여신은 자신을 믿고 사랑한다.
2. 여신은 가장 가슴 뛰게 하는 일을 한다.
3. 여신은 기, 끼, 깡이 넘친다.
4. 여신은 한과 살을 푼다.
5. 여신을 금기를 깬다.
6. 여신은 신나게 논다.
7. 여신은 제멋대로 산다.

8. 여신은 과감하게 살려내고, 정의롭게 살림한다.

9. 여신은 기도하고 명상한다.

10. 여신은 지구, 그리고 우주와 연애한다.

세종대왕상을 줄 입장이어라

최근 서울 지하철 강남역 10번 출구에서 여성 혐오 반대 운동이 벌어지고 있던 지난 5월 21일 분홍색 코끼리 인형 옷을 입은 이가 등장, "육식 동물이 나쁜 게 아니라 범죄를 저지르는 동물이 나쁜 겁니다. 선입견 없는 편견 없는 주토피아 대한민국 주토피아 세계 치안 1위지만 더 안전한 대한민국 남녀 만들어요."라는 글귀가 적힌 보드를 들고 있었단다.

"내가 월남에서 베트콩 일곱을……. 무공훈장 자랑을 시작하는 월남전 참전 용사. 그는 딸이 어렸을 때 몸집이 큰 개를 오토바이에 매달아 동네를 일곱 바퀴 돌았다. 피를 토하며 늘어진 개는 가족의 밥상에 올랐다. 딸은 그런 아버지에게 열여덟 살까지 매를 맞으며 자랐다 한강의 '채식주의자'에서 영혜가 육식을 폭력으로 간주하게 된 배경은 이렇게 설명된다."며 이상언 중앙일보 사회부문 차장은 5월 25일자 분수대 칼럼 '핑크 코끼리는 옳지 않다'에서 "영혜의 아버지나 남편을 보면 남성들은 정말 폭력성의 문제에 둔감하다. 무지하기까지 하다. 한강은 그것을 고발하고 싶었던 것 같다"고 썼다. 이렇게 소설이란 형식을 빌려 한강은 인간 특히 남성의 폭력을 다뤘다면 지난해 노벨 문학상 수상 작가 스베틀라나 알렉시에비치는 논픽션이란 사실적인 서술로 하나의 큰 문제를 던지고 있다. '왜 사람들의 역사적인 수난이 자유로 이행되지 않는가.' 이 문제가 이차대전 후 러시아의 구전口傳 역사를 다룬 저서 밑바탕에 깔려 있다.

최근(5월) 그녀의 첫 영문판 작품으로 '중고시간 : 소련연방의 최후Secondhand Time : The Last of the Soviets'가 미국 출판사 랜덤 하우스에서 발간됐다. 뉴욕타임스의 서평 전문 기자 드와이트 가너Dwight Garner는 5월 25일자 서평에서 지난 2006년 푸틴의 생일 날 암살당한 저널리스트 안나 팔릿콥스카야Anna Politkovskaya와 스베틀라나 알렉시에비치를 맥심 고르키Maxim Gorky(1868-1936)의 단편소설 '단코의 불타는 심장Danko's Burning Heart'에 나오는 단코가 상징하는 인물들이라고 평한다. 이 소설에서 사람들 한 무리가 한밤중에 숲 속에서 길을 잃는다. 단코는 이들을 안전하게 인도하고 싶은 열망에 가슴이 불타오른다. 그러자 그는 이 불타는 심장을 그의 가슴에서 뽑아내 길을 밝힌다. 알렉시에비치가 직접 청취해 수집한 수천 명의 생생한 증언들 가운데 '체르노빌에서 들리는 목소리Voices from Chernobyl'에 등장하는 한 여인이 있다. 남편이 방사선병으로 죽어가기 전에 극심한 고통에서 비명을 지를 때면 여인이 할 수 있는 건 둘 뿐이었다. 식도용 튜브에 보드카를 퍼 붓든가 망가진 남편 몸에다 섹스를 하는 것이었다. 전쟁 스토리에 지친 알렉시에비치는 현재 두 권의 저서를 집필 중인데 이 실화 모음집에 실릴 이야기들은 모두 나이 듦과 사랑에 관한 것들이라며 픽션을 써볼 생각은 해보지 않았느냐는 질문에 "삶 그 자체가 훨씬 더 흥미롭다. Life is much more interesting"라고 단언했다.

흔히 '진실은 픽션보다 이상하다. Truth is stranger than fiction'고 한다. 일간 신문 한두 장만 들춰봐도 확인되는 사실이다. 5월 25일자 미주판 중앙일보 '사소한 취향' 칼럼 '함께 분노하는 게 그리 힘드나요.'에서 이영희 기자는 이렇게 글을 맺고 있다. "강남역 10번 출구 앞 포스트잇 글귀들만큼 마음을 뒤흔든 것은 없었다. 악마와 좀비까지 등장하는 화제의 호러 영화나 사이

코패스 살인마가 나오는 베스트셀러 소설보다 이곳에 적힌 진짜 이야기가 몇 배는 더 무섭고 슬펐기 때문이다." 지난 며칠간 내 눈에 특별히 띈 기사 하나만 그 어떤 허구보다 진실인 사례로 들어보리라.

영국 국영 방송 BBC가 한강과 '채식주의자' 번역가 데보라 스미스의 세계 3대 문학상인 영국의 '맨부커상' 인터내셔널 부문 수상 후 지난 5월 17일 '채식주의자 : 한국어를 배우고 상을 타는 방법' 이라는 제목의 기사에서 스미스가 2010년부터 한국어를 배운 사실을 언급하면서 한국어가 어떤 언어인지를 살펴봤다. BBC는 세종대왕이 빌려 쓴 한자 대신 28개 자음과 모음으로 구성된 한글을 만들었고 이로 인해 백성들이 쉽게 글을 읽고 쓸 수 있게 됐다며 "슬기로운 자는 아침을 마치기도 전에 깨우칠 것이고, 어리석은 자라도 10일 안에 배울 수 있다"는 훈민정음 해례본의 문구를 전했다. 그러면서 본질적으로 익히기 쉬운 언어는 없다는 언어학자들의 통상적인 견해를 소개했다. 로버트 파우저 전 서울대 교수는 "한국어 배우기 난이도는 학습자가 이미 알고 있는 언어가 무엇이냐에 따라 달라진다."고 말했다.

미국인 외교관들에게 언어를 가르치는 미국외교원(FSI)은 한국어를 배우기에 "굉장히 어려운 언어"로 분류했다. 영어를 모국어로 쓰는 사람들이 영어와 유사성이 있는 덴마크어와 네덜란드어, 프랑스어, 이탈리아어, 노르웨이어, 포르투갈어 등을 일반적, 전문적으로 능숙한 수준으로 배우려면 575-600시간(23-24주) 수업이 필요하지만, 한국어의 경우엔 2,200시간(88주)이 필요하기 때문이라는 것이다. 하지만 BBC는 10개가 넘는 언어를 익힌 호주 번역가 도너번 나이절이 1년 간 한국에 체류했을 때 3-4개월 만에 꽤 의사소통을 잘할 수 있었고 8개월 만에는 편안하게 유창한 수준으로 말할 수 있었다는 사례를 언급했다. 나이절은 한국어가 문법이 복잡하지 않으며, 영어와 달리 보통 쓰는 방식대로 발음하면 된다고 말했다. 또한 명사에 '하다'를 붙이면 동사나 형용사를 쉽게 만들 수 있다고 설명했다.

그러나 번역은 언어를 배우는 것과 다르다. 창의적인 과정이며, 스미스가 장편 '채식주의자'를 번역해 상을 공동 수상한 이유인 것이다. 심사위원단은 해당 소설이 "영어로 완전한 목소리를 갖췄다"고 평가한 것으로 알려졌다. 한글 및 영문 버전으로 이 책을 읽은 한국인 독자는 "번역본도 원작만큼 좋은 작품"이라고 평했다. 번역가 스미스는 책의 리듬을 찾으려고 했다면서 "당신이 위대한 한국 문학 작품을 번역하고 있다면, 그 번역은 영문학으로도 훌륭해야 한다."고 강조했다. 이어 "방해가 될 뿐이라면 통사론(문장의 구조나 구성을 연구하는 방법)을 두고 씨름할 필요가 없다."고 덧붙였다. BBC는 "번역가는 상을 받을 만하며, 세종대왕도 마찬가지다."고 전했다. 세종대왕도 마찬가지다 정도가 아니고 비교도 할 수 없이 노벨상, 맨부커상 등 그 어떤 상을 탈 정도가 아니라 그 이상 가는 '세종대왕상'을 줄 입장이어라.

우린 모두 늙지 않는 사랑의 꽃과 별이어라

"억압과 약탈과 자포자기에 맞선 우리의 대답은 삶"이라며 이런 삶을 사실적으로 보도하는 언론은 이 세상에서 가장 좋은 직업이고 따라서 언론인의 가장 중요한 덕목으로 창의성을 문학 장르로 규정한 기자 출신 작가 '가브리엘 가르시아 마르케스'의 글이 아닌 말의 기록 '나는 여기에 연설하러 오지 않았다'가 지난 4월 나왔다.

"저는 한 줄 한 줄 글을 쓸 때마다 항상, 그 성과가 크든 작든, 시라는 포착하기 힘든 정신을 불러일으키려고 애씁니다. 그리고 단어 하나하나에 제 애정의 증거를 남기려고 노력합니다. 시가 지닌 예언적인 힘, 그리고 죽음이라는 숨죽인 힘에 맞서 거둔 영원한 승리이기 때문입니다."(1982년 노벨문학상 수상 소감 연설문에서 발췌)

"이 땅에 가시적인 생명체가 출현한 이후 3억 만 년이 더 흐르고 나서야 아름다워야 한다는 것 이외에는 다른 책임을 지지 않는 장미가 생겼습니다. 고생대, 중생대, 신생대, 원생대를 지나서야 비로소 인간은 증조부인 자바 원인과 달리 사랑 때문에 죽을 수 있게 되었습니다. 그러니까 이곳에 삶이 존재했고, 그 삶 속에 고통이 만연하고 부정부패가 판을 쳤지만, 우리가 사랑이라는 것을 알았고, 심지어 행복을 꿈꾸었다는 사실을 알 수 있도록 말입니다." 가브리엘 가르시아 마르케스의 이 말을 한 구절로 줄인다면 '산문 같은 삶이 시적으로 승화된 게 사랑'이라고 할 수 있으리라. 이럴 때 우리 삶은 숨 하나하나가 꽃이 되고 별이 되며 무지개를 올라타게 되지 않으랴. 그렇다면 어떻게 해야 우리 삶이 시가 될 수 있을까?

어쩜 '멍때리기'가 그 한 방법이 될 수 있지 않을까. 원래는 '멍하니 넋을 놓고 있다'는 뜻으로 쓰였으나 2013년 정신과 전문의 신동원의 '멍때리기'란 제목의 에세이가 나온 후 휴대폰과 인터넷에 혹사당하는 뇌를 쉬게 하라는 의미로 사용되고 있단다. 불교 용어인 무념무상이니, 고요의 경지에 들어간다는 선정, 그리고 선정에 이르는 수양법인 참선과 일맥상통한다고 할 수 있겠다. 요즘엔 이 멍때리기가 유행처럼 2014년엔 서울시청 앞 광장에서 처음으로 멍때리기 대회가 열렸고, 지난해 중국 베이징 대회를 거쳐, 지난 5월 7일엔 경기 수원에서 제3회 국제 멍때리기 대회, 그리고 5월 22일엔 서울시가 이촌 한강공원 청 보리밭 일대에서 '2016 한강 멍때리기 대회'를 개최했다고 한다. 이 같은 멍때리기가 모바일과 인터넷 스트레스라는 공해에서 벗어나려는 현상이라면, 다음과 같은 외신 기사 두 개는 좀 다르다면 다르겠지만 그래도 일종의 멍때리기가 아닐까. 대조적으로 하나는 형이하학적이고 또 하나는 형이상학적으로 사랑의 샘을 파는, 아니면 사랑의 숨을 쉬는 멍때리기 말이다. 하나는 서양사회를 대표하는 영국, 또 하나는 동양사회를 대표하는 중국에서의 일이다.

최근 다양한 오디션 프로그램이 시청자들 사이에서 인기를 얻고 있는 가운데 해외에서 방송 예정인 '포르노 배우 오디션'이 화제다. 영국 일간 '데일리 미러The Daily Mirror'를 포함한 각종 외신 매체들은 지난 5월 17일 영국 인기 오디션 프로그램 '엑스 팩터The X Factor'를 패러디한 '섹스 팩터The Sex Factor'가 인터넷 방송 형식으로 방영될 예정이라고 보도했다. 보도에 따르면 제작사 측은 현재 남녀 각각 8명의 참가자를 선정했으며 최종 우승자는 100만 달러의 상금을 거머쥐게 된다. 이 프로그램은 총 10회로 제작된다. 섹스 팩터는 여타 오디션 프로그램과 진행방식이 크게 다르지 않다. 차이점은 출연자들이 춤이나 노래를 뽐내는 대신 최고의 '포르노 배우'가 되기 위한 경쟁을 펼친다는 점이다. 심사위원은 현지 최고 포르노 스타들이 맡을 예정이다. 이들은 포르노 선배로서 후배들을 지도한다. 심사위원의 자격으로 방송에 합류하게 된 '키란 리'는 영국의 포르노 스타로, 총 1,000편이 넘는 포르노에 출연했다고 한다. 리는 현지 언론과의 인터뷰에서 "포르노 시장에 새로운 활력을 불어넣고 차세대 스타를 발굴하고 싶었다."고 밝혔다. 제작 관계자는 "포르노 행위에 초점을 맞춘다기보다 참가자들의 이야기와 개성을 보여주고자 한다. 새로운 성인 프로그램 시장을 개척할 것"이라고 덧붙였다.

다음은 중국에서 한 여성이 병든 남편과 함께 10년간 화장실에서 생활하며 두 아들을 명문대에 보낸 사연이다. 중국 후베이성 우한에 있는 A대학교. 사람들이 잘 다니지 않는 이 학교의 체육센터 2층 구석에는 10m²가 채 안 되는 화장실이 있다. 바로 왕슈메 씨가 눈이 거의 보이지 않는 병든 남편과 함께 10년째 기거해온 공간이다. 왕 씨는 이런 처지에서도 남편의 약값과 두 아들의 학비를 벌어야 했다. 오전 5시에 일어나 노래방, 학교, 찻집, 식당 등을 청소를 해줬고 음식점 서빙도 병행했다. 심지어 점심시간에도 청소 아르바이트를 했다. 고된 하루는 오후 11시가 다 돼서야 끝이 났다. 수면 시간은 4-5 시간에 불과했다. 왕 씨의 이런 치열한 삶은 어디 내놔도 부끄럽지 않은 두 아들이 있었기에 가능했다. 큰 아들 샤오광은 2007년 재수 끝에 전국 명문대 중 한 곳인 우한대학에 입학했다. 샤오광은 졸업 뒤 최고의 명문 베이징대 대학원에 들어가겠다는 목표를 갖고 있었지만, 시험에서 떨어진 뒤 저장성에 있는 기업에 취직했다. 그러나 그는 꿈을 접지 않았고, 2014년 마침내 모친에게 베이징대 합격이라는 낭보를 전할 수 있었다. 회사에 사표를 내고 세 차례 도전 끝에 이룬 쾌거였다. 둘째 샤오쥔은 2015년 부모가 생활하는 A대학교를 졸업한 뒤 이 학교 대학원에 진학했다. A대학교 역시 중국정부의 고등교육 기관 집중 육성 프로젝트인 '211공정'에 포함된 지방의 주요 명문대다. 현지 신문인 형초망은 5월 23일 샤오광, 샤오쥔의 성공은 학업에 대한 모친의 전폭적인 지원과 격려가 없었다면 불가능했을 것이라고 전했다. 왕 씨는 형초망과의 인터뷰에서 자신은 예전에 고향에서 임시교사로 일해본 적이 있다며 배우는 것이야말로 운명을 바꿀 수 있다는 신념을 갖고 있다고 말했다.

연어 이야기가 떠오른다. 어미 연어는 알을 낳은 후 그 곁을 지키고 있는데, 이는 갓 부화되어 나온 새끼들이 아직 먹이를 찾을 줄 몰라 어미의 살코기에 의존해 성장할 수밖에 없기 때문이란다. 어미 연어는 극심한 고통을 참아내며, 새끼들이 자신의 살을 마음껏 뜯어 먹게 내버려 둔다. 새끼들은 그렇게 성장한다. 어미는 결국 뼈만 남아 죽어가면서 세상의 가장 위대한 모성애를 보여준다는 얘기 말이다. 자, 이제 우리 문정희 시인의 '늙은 꽃'을 감상해보자.

늙은 꽃

어느 땅에 늙은 꽃이 있으랴

꽃의 생애는 순간이다

아름다움이 무엇인가를 아는 종족의 자존심으로

꽃은 어떤 색으로 피든

필 때 다 써버린다

황홀한 이 규칙을 어긴 꽃은 아직 한 송이도 없다

피 속에 주름과 장수의 유전자가 없는

꽃이 말을 하지 않는다는 것은

더욱 오묘하다

분별 대신 향기라니

-문정희

이를 오민석 시인은 이렇게 읽는다. “꽃은 한 번 필 때 모든 것을 다 써버림으로써 순간의 생애를 산다. 그것은 순간에 완벽을 이룬다. 순식간에 만개하고 멈춰버리는 삶은 늙을 틈이 없다. 그러니 어느 땅에 늙은 꽃이 있으랴. 황홀한 규칙은 시간을 초월해 있다. 시간의 계산이 개입할 수 없는 이 생애. 그것은 너무나 짧고도 완벽하기 때문에 분별을 필요로 하지 않는다. 오직 향기뿐”

아, 우린 모두 늙지 않는 사랑의 꽃과 별이어라. 끝으로 ‘어느 부부의 이야기’ 하나 소개해 보리라.

결혼 20주년이 되는 어느 날 아내는 저에게 놀라운 제안 하나를 합니다. “당신에게 세상 최고로 멋진 여자와 데이트 할 기회를 드릴게요. 단, 저와 지켜야 할 약속 몇 가지가 있어요.” 아내의 뜻밖의 제안에 놀란 나에게 아내는 사뭇 진지한 표정으로 말을 이어 갔습니다.

첫째 : 어떤 일이 있어도 밤 10시 이전에 데이트를 끝내면 안 됩니다.

둘째 : 식사 할 때 그녀의 이야기를 단 한 마디도 놓쳐선 안 됩니다.

셋째 : 극장에서 그녀의 손을 꼭 잡아 줘야 합니다.

그렇게 아내로부터 몇 가지 당부를 들은 나는 설레는 기대감을 안고 데이트 장소로 떠났습니다. 어떤 데이트일까 누가 나올까 내 아내가 꽃단장하고 나오는 건 아닐까 아니면 우리 딸이 나올까 아니면 미모의 다른 여성일까……. 넥타이를 고쳐 매며 기다리던 중 저만치서 우아한 검정 원피스를 입고 곱게 화장을 한 여인 한 명이 다가왔습니다.

"아니, 네가 웬일이냐?"

"어머니는 여기 어쩐 일이세요?"

당황하면서 어리둥절했던 우리 모자는 금세 아내의 마음을 알아채고 웃음을 터뜨렸습니다. 아버지 돌아가시고 혼자되신지 10년이 되신 어머니를 위해 아내가 준비한 깜짝 이벤트였던 것입니다. 그 날 저녁, 나는 아내와의 약속을 성실히 지켰습니다. 식사 시간 내내 어머니는 즐겁게 이야기하셨고 영화를 보는 내내 어머니의 손을 잡아 드렸습니다. 그렇게 10시가 훌쩍 넘은 시간, 어머니를 집 앞에 모셔다 드리고 돌아서는데 어머니께서 말씀하셨습니다.

"애비야! 오늘밤은 내 결혼식 날 빼고 칠십 평생 가장 행복한 시간이었다. 가서 꼭 전해줘라, 정말 고맙고 사랑한다고"

내 부모님과 남편의 부모님, 내 부모님과 아내의 부모님. 가끔은 그 경계를 과감히 허물어 보세요. 그 순간, 그분들의 겉모습이 아닌 마음이 보이게 될 겁니다. 이 이야기에 덧붙여 내 젊은 날 에피소드 하나 적어보리라.

내 첫 직장에서 3박4일의 연가로 첫 휴가를 얻어 나는 비행기로 어머니를 모시고 동해안 속초로 갔었다. 가서 보니 내 또래 젊은이들은 모두 애인이나 친구들이랑 왔지 홀어머니랑 온 사람은 나뿐이었다. 일제 때 서울의 승동소학교를 나와 정신여고 8회 졸업생인 모친께선 처녀 때 학부형 자격으로 남동생이 다니던 학교의 상처한 홀아비 선생의 후처가 되었다. 전처의 전실 자식 셋에다 자식 열둘을 낳아 여섯은 어려서 잃고 나이 사십대에 과부가 되셨다.

우주 안에 내가 있듯 내 안에 우주가 있다

2016년 5월 28일자 미주판 한국일보 오피니언 페이지 김명욱 칼럼 '공기와 물, 음식도 생명체'에서 필자는 다음과 같이 양파 이야기를 한다.

"얼마 전, 방안의 공기를 정화시켜주고 감기를 사전에 예방시켜준다는 친구의 말을 듣고 양파를 방과 부엌 등 여러 곳에 놓아 둔 적이 있다. 양파는 수선화과의 부추과에 속하는 식물로 껍질을 까고 까도 껍질만 나오는 희귀한 식물 중 하나다. 일설에 양파는 만병통치약에 가까우며 몸에 좋고 질병예방에도 좋다 한다. 한 달이 지났을까. 통째로 놓아 둔 자주색 양파의 몸통에서 싹이 나기 시작했다. 몇 날이 지나니 양파의 싹은 제법 커져서 여러 갈래로 솟아오른다. 파릇파릇한 파가 양파의 몸통에서 자라고 있는 거다. 물도 안 주었는데, 메마른 책장의 난간 위에 올려놓은 양파였다. 사람은 물을 안 먹으면 죽는다. 사람만이 아니다. 다른 생물들인 식물과 동물도 물을 공급 받지 못하면 생명이 끊긴다. 그런데 양파는 물은커녕 아무것도 주지 않았는데 스스로 싹을 틔우고 잎을 피웠다. 도대체 무엇이 양파를 다시 살려놓은 걸까. 공기 안의 수분 속에 들어있는 물 분자가 양파에게 흡수돼 그랬던 것 같다. 눈에도 보이지 않는 방 안의 물의 미립자들을 양파만의 생명력으로 흡입한 것이 싹을 나게 한 결과인 듯싶다. 대단한 흡입력과 생명력이 아닐 수 없다. 어쨌든 양파도 공기 속에 떠다니는 살아숨 쉬는 물 분자가 있었음에 다시 생명력을 가지게 된 거다."

문득 칼릴 지브란Kahlil Gibran의 몇 마디가 떠오른다. 그의 경구집警句集 '모래와 물거품Sand and Foam'에 기록된 글이다.

> 영원토록 나는 이 바닷가를 거닐고 있지,
>
> 모래와 물거품 사이를.
>
> 만조의 밀물은 내 발자국을 지우고
>
> 바람은 물거품을 날려버리지.

그러나 바다와 바닷가는 영원토록 남아 있지.

I am forever walking upon these shores,

Betwixt the sand and the foam.

The high tide will erase my foot-prints,

And the wind will blow away the foam.

But the sea and the shore will remain Forever.

한 번 내 손 안에 물안개를 채웠지.

쥐었던 손을 펴 보니, 보라

손 안에 있던 물안개가 벌레가 되었어.

손을 쥐었다가 다시 펴 보니, 보라

한 마리 새가 되었어.

그리고 다시 한 번 손을 쥐었다 펴 보니,

슬픈 얼굴을 한 사람이 위를 바라보고 있었어.

그래서 다시 한 번 손을 쥐었다 펴 보니

아무 것 도 없는 물안개뿐이었어.

하지만 엄청나게 달콤한 노랫소리가 들렸지.

Once I filled my hand with mist.

Then I opened it and lo, the mist was a worm.

And I closed and opened my hand again,

and behold there was a bird.

And again I closed and opened my hand, and

in its hollow stood a man with a sad face, turned upward.

And again I closed my hand, and when I opened it

there was naught but mist.

But I heard a song of exceeding sweetness.

바로 어제만 해도 나 자신은 생명의 천체에서

어떤 리듬도 없이 진동하는 하나의 티끌이라 생각했었지.

이젠 알지, 내가 천체이고, 내 안에서 모든 생명의 티끌들이

우주의 리듬을 타고 움직이고 있다는 것을.

It was but yesterday I thought myself

a fragment quivering without rhythm in the sphere of life.

Now I know that I am the sphere, and all life in rhythmic

fragments moves within me.

눈을 뜨고 깨어난 사람들은 내게 말하지,

"당신과 당신이 살고 있는 세계는 끝도 한도 없이
무한한 바다의 바닷가 모래 한 알일 뿐이라고."
그러면 꿈속에서 나는 그들에게 말하지,
"내가 무한한 바다이고, 세상의 모든 세계들이 내 바닷가 모래알들일 뿐이라고."

They say to me in their awakening,
"You and the world you live in are but a grain
of sand upon the infinite shore of an infinite sea."
And in my dream I say to them,
"I am the infinite sea, and all the worlds are but grains of sand upon my shore."

이는 한 마디로 '우주 안에 내가 있듯 내 안에 우주가 있다'는 말이어라. 자, 이제 우리 만물이 다 살아있는 생명체라는 시 열 편만 암송해보자.

약한 생명들이

이렇게도 겨울이
어둡고 쓸쓸한 까닭은
이슬, 꽃, 나비…….

이렇게 작은 생명들이
사라졌기 때문이랍니다.
그들이 우리 곁에
소리 없이 날며 반짝거릴 때
온 누리는 매일매일
명절처럼 풍성했지요.

옥수수 밭엔 풍뎅이가,
나뭇가지엔 거미줄이,
언덕에는 제비꽃이,

이 세상이 참으로
아름답게 되려면
그처럼 약한 생명들이
한껏 빛을
발할 수 있어야 한답니다.

새봄이 그렇게도
곱고 포근한 까닭은
이슬, 꽃, 나비…….
그토록 조그마한 생명들이

우리 곁으로 돌아오기 때문이랍니다.

-정숙자

어린 생명

생명, 특히나

어린 생명은

반짝,

반짝인다.

피라미, 송사리, 갈겨니,

금강모치 납자루의 어린것들

맨살로 스치며

간지럼을 탄다.

물결, 잔물결로

그저 마냥 설레고

살랑살랑, 랄랄랄랄
또래 춤을 춘다.

타고난 흐름
그대로의 빛남

반짝이는 힘으로
온 물은 일렁인다.

-백우선

생명

천둥 번개 칠 때
빗줄기 타고 내려왔는가.
한여름 마당에 내동댕이쳐진
미꾸라지 한 마리,
소나기 그치고 햇빛 쏟아지자
한 종지만 남은 마당 빗물 물고
구불구불 몸부림치더니
다시 봇돌로 가버렸는가.

빗물 마른 마당가에

햇빛 받아먹은 봉선화가

새빨갛게 피어 있다.

-권달웅

생명

오오

환희여

빛의 떨림이여

갓 태어난

고귀한 작은 생명

아이를 볼 때면

생명이 얼마나

신비하고

불꽃이 일고 있는가를

어느 누가 만든

창작품이 이보다
더 정교하고
아름다울 수 있을까

사람의 뱃속에서
열 달을 견디며
작은 생명은
엄마의 숨결로 채워지고

어느 누가
다듬어 놓은
조각이 이보다 더
오묘할 수 있을까

꿈틀대는 몸짓
해맑은 웃음
솜털쟁이
하품쟁이

아가의
맑은 눈망울에는

온 세상이 천진한

사랑으로 물들어.

오오

생명의

완성이여

잉태의 신비여

-김세실

우리 생명 있기 전

우리 생명 있기 전

그 전, 그때

저 하늘 저 품안에

저 별 저 달 있었던가.

그 시절 그때에서

솔바람, 꽃숨결이

지금처럼 불었던가.

푸른 솔

흰 두루미

뭉게구름

꽃무지개

청아한

산새 노래

푸른 바다

흰 갈매기

철썩철썩 파도 소리

그 시절 그때에도

지금처럼 있었던가.

우리 생명 있기 전

그 전 그때도.

-김대원

대지가 품는 생명

거친 세상
발아의 의지로
씨앗을 품고

부드러운 살갗은
햇살을 애무하여
여린 풀꽃을 피우고 있다.

하늘은 끝없는 시련으로
땅 위 모든 것을 연단하고

평생을 객 되어 떠돌다 온
사람들은 저마다
작은 육신을 누이리

슬픈 비애를
빈 어깨에 짊어진
그대의
지친 걸음인들 어떠리

대지는

어머니의 가슴을 열어

생명의 포자를

영원히 간직하나니

-김옥남

생명에 물을 주듯

꽃을 꺾어 꽃병에 꽂아놓고

뿌리를 달고 있을 때보다

더 오래 살아달라고

빌고 있는 사람은 아니겠지

생명은 생명이 눈을 뜰 때부터

그런 식으로 사랑받기를 싫어하는데

순이를 사랑할 때에도

그런 식으로 사랑해서는 안 되는데

더욱이 순이의 몸에 손을 댈 때에도

그런 식으로 손을 대서는 안 되는데

사랑이란 뿌리를 다칠까봐

삽질을 그만두고

손톱이 닳도록

손을 어루만지는 거지

-이생진

생명

생명은 하늘에서 온다.

하늘이 따뜻한 봄바람으로

세상에 사랑의 기운 불어넣으면

나무에서 꽃이 피고 알에서 새들 깨어나듯

엄마 아빠를 닮은 귀여운 아가들이 태어난다.

생명은 순결하다.

바람에 흔들리는 들풀들과

껑충껑충 뛰어다니는 노루새끼들

물속을 헤엄쳐 다니는 작은 물고기들도

잠들어 있는 아가의 얼굴처럼

죄 있는 것 하나도 없다.

생명은 자란다.

나무는 굵어지고 숲은 넓어져

가지마다 새들 깃들여 온갖 소리로 노래하고

아가들은 예쁘고 슬기롭게 자라나

과학자가 되고 음악가가 되고 시인이 되어

세상을 아름답게 만들어 준다.

-한승수

우포늪 생명

우포늪 생명 들먹이는 사람들

웅성웅성 행사인지 뭔지 떠드느라

"너희들 뭐하니"

우포늪이 묻는 소리

아무도 못 듣는다.

왜 고요 깨트리고 초목들

움츠리게 하는지

얼굴 찌푸리며

묻는 소리 아무도 못 듣는다.

우포늪 묻는 말이

우포늪 생존의 천리임을

까마득히 모르고

사람들 저희끼리 소란스럽다

-오하룡

생명나무

어둠 속에서

한 거대한 나무를 보았다.

어찌나 큰지 처음엔 나무인 줄 몰랐다.

작은 나무에 가리어

그 몸 전체가 보이지 않았다.

나무와 나무 사이를 비집고 들어가

바위 껍질 같은 나무에 바짝 붙어 서서

고개를 뒤로 꺾고 올려다보니

그 끝이 보이지 않는다.

나무는 하늘을 찌르고 하늘 속으로 들어갔다.

구불구불 곧게 올라간 모양이

땅속 기운이 하늘로 솟구치고 있는 듯

머리 숙여 나무 밑을 살피니

하늘 기운이 뒤엉킨 거대한 뿌리로
뻗어내려 땅 속 깊이 스며들고 있는 듯
끊임없이 오르고 내리는 그 기운에
개미만한 내 몸은
살려는 힘으로 요동을 쳤다.

-김종희

코스모스바다로 돌아갈거나

요즘 영어로 많이 쓰이는 단어가 전부란 뜻의 'everything'이다. 14세기부터 쓰이기 시작했다는 이 'everything'은 존재하는 모든 것의 대명사로 구어체로는 현재 상황을 말해준다. 그야말로 '모든 것은 모든 것everything is everything'이라고, 모든 걸 지칭한다. 그 예를 들자면 부지기수다. 몇 가지만 들어보자.

신神이 전부다. God is everything.

돈이 전부다. Money is everything.

네가 내겐 전부다. You are everything to me.

이게 전부다. This is everything.

네가 뭣에 대해 알아야 할 모든 것 전부

Everything you need to know about something

어떤 일이 생길 땐 그럴만한 이유가 있다.

Everything happens for a reason.

물론 이런 표현이 과장된 허풍성세虛風聲勢일 수도 있겠지만 또 한편으로는 일편단심의 고백일 수도 있으리라. 어떤 상황과 처지에 있든 간에 무엇에 정신을 팔고 마음을 쓰느냐에 따라서 세상이 변하고 내 삶이 달라지지 않던가. 흔히 아는 만큼 보인다고 하지만 찾는 것만 눈에 띄고 꿈꾸는 것만 이루어지며 웃는 대로 즐겁지 않은가. 하지만 우리 칼릴 지브란Kahlil Gibran의 산문시 '눈물과 미소'를 깊이 새겨보자.

내 가슴 속 슬픔을 나는 많은 사람들 무리의 기쁨과 바꾸지 않으리. 그리고 슬픔에서 샘솟아 내 온 몸 구석구석으로부터 흐르는 눈물을 웃음으로 바꾸지 않으리. 다만 내 삶은 언제나 눈물인 동시에 미소이어라.

I would not exchange the sorrows of my heart for the joys of the multitude. And I would not have the tears that sadness makes to flow from my every part turn into laughter. I would that my life remain a tear and a smile.

내 가슴을 깨끗이 정화하고 삶의 숨겨진 비밀들을 알게 해줄 눈물. 나와 같은 신의 분신들에게 접근하고 나 또한 신의 화신이 되게 해 줄 미소 말이어라.

A tear to purify my heart and give me understanding of life's secrets and hidden things. A smile to draw me nigh to the sons of my kind and to be a symbol of my glorification of the gods.

상처 입은 가슴의 눈물들과 하나가 될 눈물 한 방울; 존재의 기쁨을 나타내는 하나의 미소 말이어라.

A tear to unite me with those of broken heart; a smile to be a sign of my joy in existence.

나는 지침과 절망으로 살기보다 차라리 사모하고 그리워하다 죽으리라.

I would rather that I died in yearning and longing than that I lived weary and despairing.

내 가장 깊은 곳에 사랑과 아름다움에 대한 목마름과

굶주림이 있기를 갈망하리. 왜냐하면 부족함 없이 만족한 사람들이 가장 비참한 걸 나는 보았기 때문이지. 사모하고 그리워하는 자의 탄식 소리가 이 세상 그 어떤 감미로운 멜로디보다 더 감미로운 까닭이라.

I want the hunger for love and beauty to be in the depths of my spirit, for I have seen those who are satisfied the most wretched of people. I have heard the sigh of those in yearning and longing, and it is sweeter than the sweetest melody.

저녁이 되면 꽃은 꽃잎들을 접고 그리움을 품고 잠들었다가, 아침이면 입술을 열고 해와 입맞춤 하지.

With evening's coming the flower folds her petals and sleeps, embracing her longing. At morning's approach she opens her lips to meet the sun's kiss.

꽃의 삶이란 그리움이자 결실. 눈물과 미소이지.

The life of a flower is longing and fulfillment. A tear and a smile.

바다의 물방울들은 물안개로 변해 하늘로 피어올라 구

름이 되지.

The waters of the sea become vapor and rise and come together and are a cloud.

그리고 구름은 언덕과 골짜기들 위로 떠돌다가 산들바람을 만나면 울면서 들로 떨어져 시냇물과 강물을 만나 고향 바다로 돌아가지.

And the cloud floats above the hills and valleys until it meets the gentle breeze, then falls weeping to the fields and joins with the brooks and rivers to return to the sea, its home.

구름의 삶이란 이별과 만남. 눈물과 미소이지.

The life of clouds is a parting and a meeting. A tear and a smile.

그렇게 영혼도 더 큰 영혼으로부터 떨어져 물질세계에서 구름처럼 슬픔의 산골짜기와 기쁨의 들판 위로 떠돌다가 죽음의 산들 바람을 만나면 온 곳으로 돌아가리.

And so does the spirit become separated from the greater spirit to move in the world of matter and pass as a cloud over the mountain of sorrow and the plains of joy to meet the breeze of death and return whence it came.

사랑과 아름다움의 대양, 하늘님에게로.

To the ocean of Love and Beauty, to God.

내 나이 열 살 때 지은 동시 '바다'를 70년이 지나 다시 읊어 본다.

바다

영원과 무한과 절대를 상징하는
신의 자비로운 품에
뛰어든 인생이련만
어이 이다지도 고달플까

애수에 찬 갈매기의 꿈은
정녕 출렁이는 파도 속에
있으리라

인간의 마음아

바다가 되어라

내 마음 바다가 되어라

태양의 정열과

창공의 희망을 지닌

바다의 마음이 무척 부럽다

순진무구한 동심과

진정한 모성애를 간직한

바다의 품이

마냥 그립다

비록 한 방울의 물이로되

흘러흘러

바다로 간다.

아, 우리 모두 코스모스바다로 돌아갈거나!

술 술 주술酒術 魔術마술은 解法해법이 아니다

내 직장 동료인 러시아어 법정 통역관으로부터 들은 조크를 옮겨본다.

두 남자가 술 파는 가게 앞으로 길게 늘어선 줄에 서있다. 보드카를 사기 위해서다. 한 남자가 다른 남자에게 제 자리를 좀 지켜달란다. 이게 다 고르바초프의 반反 알코올 정책 때문이라며, 크렘린으로 달려가서 고르바초프 얼굴에 한 방 먹이고 오겠노라고. 몇 시간이 지나 돌아온 그에게 그의 자리를 지키고 있던 남자가 정말 고르바초프 얼굴에 주먹을 한 방 날리고 왔냐고 묻자, 아니라고 낙담한 표정으로 하는 그의 말이 "크렘린에 늘어서 있는 줄은 여기보다도 더 길더라. The line at the Kremlin was even longer." 라고 말한다.

'로빈슨 크루소'의 저자인 영국작가 다니엘 디포Daniel Defoe (1660–1731)의 다른 작품 '쨱 대령Colonel Jack (1722)'에 술의 마력을 잘 나타낸 이런 대목이 나온다.

악마가 한 젊은이 보고 그의 아버지를 살해하라고 꾀었다. 그러나 젊은이는 그건 못할 짓이라고 말을 안 들었다. 그러면 어머니와 동침하라고 유혹했다. 그것은 절대로 못할 짓이라고 완강히 거부했다. 그렇다면 집에 가서 술이나 퍼 마시라고 했다. 그러자 "아, 그야 할 수 있지"라고 대답하고 정말 진탕만탕 술을 마신 후 이 젊은이는 곤드레 만드레가 되어 술기운으로 그의 아버지를 살해하고 그의 어머니를 겁탈했다. 디포가 남긴 말 중에 이런 것들이 있다.

신이 세우는 '기도의 집' 어디든 악마는 언제나 예배당을 짓는다. 그런데 잘 좀 살펴보면 후자에 신도들이 가장 많다. Wherever God erects a house of prayer, The Devil always builds a chapel there; And 'twill be found, upon examination, The latter has the largest congregation. 우리가 원하는 것에 대한 모든 불만은 우리가 갖고 있는 것에 대해 감사할 줄 모르는 데서 생기는 것 같다. All our discontents about what we want appeared to spring from the want of thankfulness for what we have. 문제 중에 문제 삼아야 할 일은 문제를 배

가해 사태를 더욱 악화시키는 일이다. In trouble to be troubled, Is to have your trouble doubled. 악마를 속이는 건 죄가 아니다. It is no sin to cheat the devil. 다이아몬드 원석 같이 영혼은 육체 속에 담겨있다. 갈고 다듬지 않으면 그 광채를 영원토록 발하지 않으리라. The soul is placed in the body like a rough diamond, and must be polished, or the luster of it will never appear.

술이 그 좋은 예가 되리라. 그리고 어원학적으로 술의 성분 알코올과 영혼이란 뜻의 영어 단어가 같은 spirit이란 사실이 흥미롭다. 요즘 미국에서 자살률이 급증하고 있다는데 그 주된 이유가 알코올과 마약 중독 때문이란다. 경제 사정이 나빠서, 너무 외로워서, 삶의 스트레스가 너무 크고 사는 재미가 없어서, 또는 희망이 없어서라는 것을 구실 삼아 많은 경우 현실 도피책으로 술이나 마약에 의존 하게 되는가 보다. 내가 직접 겪었고 내 주위에서 일어난 예를 좀 들어보리라.

나는 젊었을 때 술을 너무 좋아하다 못해 주점 '해심海心'이란 이색 대폿집까지 차렸었고, 만취상태에서 제대로 데이트 한번 못한 아가씨와 사고치는 바람에 서로 맞지 않는 가정불화의 결혼생활을 하느라 20년 동안 우리 두 사람 다 마음고생을 많이 했었다. 내 현재 처는 서독 간호사로 갔다가 만난 미군병사와 결혼해 딸 둘을 낳고 이혼한 여인으로, 나와 재혼해

27년째 같이 살고 있는데, 큰 딸은 어려서부터 보고 자란 아빠 같은 알코올이나 마약 중독자들을 치료해 보겠다고 정신과 전문의가 되었다. 그러다 십여 년 전 별세한 자기 아빠와 많이 닮은 남자 변호사를 만나 결혼했으나 남편이 자신은 결코 알코올 중독자가 아니라며 치료 받기를 계속 거부해 십 년 가까이 갖은 설득과 노력을 다 해본 끝에 결국 이혼수속을 밟고 있다. 술이든 섹스든 돈이든 명예든 권력이든 또는 어떤 종교이든 거품이나 구름 같은 이 신기루에 홀리고 취한 사람 치고 자신이 중독자라고 인정하는 사람은 극히 드물 것 같다. 무엇에 흥분 도취 열중 중독하게 하는 마취제 같은 것을 영어로 intoxicants라 하고 이렇게 취하게 하는 걸 영어로 intoxicate라고 하는데 영어로 toxic은 독성이 있다는 뜻이고, toxin이란 독소에서 나온 말들이다.

독약 같은 음식이거나 물귀신 같은 사람이고 간에 독성이 있는 건 피하는 게 상책인 것 같다. 그뿐만 아니라 현실과 삶 자체에서 모든 자극과 흥분, 슬픔과 기쁨, 희망과 실망, 환상과 환멸, 쓰고 단 맛을 다 볼 수 있고, 변화무쌍한 날씨와 사정을 다 겪으며, 하늘과 땅과 사람 천지인天地人의 다양하고 다채로운 자연적 삶의 축복을 누리기만도 너무 너무 벅찬 일인데, 원석을 보석으로 깎아 빛낼 일 만도 시간이 너무 너무 부족하기만 한데, 그 어찌 우리가 한 순간인들 가공의 허깨비에 홀려 허송할 수 있으리오.

술 마시지 말자 하니, 술이 절로 잔에 따라진다.
먹는 내가 잘못인가, 따라지는 술이 잘못인가.
잔 잡고 달에게 묻노니, 누가 그른가 하노라.

이와 같은 작자를 알 수 없는 시조가 있듯이 초반에는 사람이 술을 먹다가 조금 지나면 술이 술을 먹게 되고 종국에는 술이 사람을 먹는다는 주당들의 격언이 있지 않는가.

아침 깨니
부실부실 가랑비 내리다
자는 마누라 지갑을 뒤져
백오십 원 훔쳐 아침 해장으로 간다.
막걸리 한 잔에 속을 지지면
어찌 이리도 기분이 좋으나!

근대사에 마지막 기인으로 불렸던 천상병의 '비 오는 날'이란 시다. 시집 '요놈 요놈 요 이쁜놈'에 실려 있는 시 '귀천歸天'을 나도 무척 좋아한다. '신경림의 시인을 찾아서'란 책에서 "

순진무구한 어린아이의 마음과 눈"이라고 천상병을 소개하고 있으며, 많은 사람들이 경애하는 시인이지만, 나는 천상병 시인을 무책임하고 무능한 인간실격자요 인생낙오자의 표본으로 보고 싶다. 내가 존경하고 사랑하는 시인은 우주자연만물을 극진히 사랑하면서 삶에 미치도록 몰입해 순간순간에서 영원을 사는 사람이다. 황홀하도록 사랑에 취해 살다 코스모스 바다로 돌아가는 사람이다. 자, 이제 이주치주以酒治酒라고 해정시解酊詩 세 편 우리 같이 마셔보자.

익는 술

착한 몸 하나로 너의
더운 허파에
가 닿을 수가 있었으면.

쓸데없는 욕심 걷어 차버리고
더러운 마음도 발기발기 찢어놓고
너의 넉넉한 잠 속에 뛰어들어
내 죽음 파묻힐 수 있었으면.

죽어서 얻는 깨달음

남을 더욱 앞장서게 만드는 깨달음
익어가는 힘.
고요한 힘.

그냥 살거나 피 흘리거나
너의 곁에서
오래오래 썩을 수만 있다면.

-이성부

로빈슨 크루소를 생각하며, 술을

취해도 쉽게 제 마음을 드러내지 못하는 우리는
오랜만이라며 서로 눈빛을 던지지만
어느새 슬그머니 비어버린 자리들을 세며
서로들 식어가는 것이 보인다.

가슴 밑바닥에서 부서지는 파도
저마다 물결 속으로 떠내려가는 것을 느낀다.
오갈 데 없는 사람들 사이의 한 섬,
그 속에 갇힌 한 사람을 생각한다.

외로움보다 더 가파른 절벽은 없지
살다 보면 엉망으로 취해 아무 어깨나 기대
소리 내서 울고 싶은 그런 저녁이 있다

어디든 흘러가고 싶은 마음이 발치에서
물거품으로 부서져가는 것을 본다.
점점 어두워오는 바다로 가는 물결
무슨 그리움이 저 허공 뒤에 숨어 있을까

-김수영

나는 포도주

나는 포도주
햇볕과 바람과 비와 인간 속에서 저절로 익은 포도주

나를 마셔라
부드럽고 달콤새콤한 맛은 모두
고뇌의 흔적이 낳은 은총
눈물에든 웃음에든 맘껏 섞어 마셔라
태풍과 폭우와 욕망과 배덕의 식은 재속에서도

살아남아 익은 포도주

와서 나를 마셔라
돼지에게는 돼지의 맛
소에게는 소의 맛
나귀에게는 나귀의 맛
개에게는 개의 맛
인간에게는 인간의 맛
원하기만 한다면 나는 어떤 맛과도 교제한다

와서 맛보라
저절로 익은 것들은 무엇보다도 풍성하고 따뜻하다
理想에 겁먹고 性에 굶주리고 향수에 시달린 이들이여,
서슴없이 와서 나를 맛보라
자연과 인간의 눈물이 죽도록 사랑해서 만들어놓은
十惡十善의 맛이 골고루 응축되어 있다

원하는 맛대로 나를 마셔라
저절로 익은 향기는 모두 에로스의 핏줄
상상할 수 없는 태고의 사랑이 내 속에 녹아 있다
마음껏 나를 마셔 나를 발견하고 나와 작별하라

나는 포도주

신이 인간에게 내린 커다란 축복

언제나 나는 그대들 속에

숙명처럼 붉게 달아올라 있다

-김상미

좁은 문을 지나 탁 트인 코스모스들판에서 너를 만나리

2016년 6월 3일자 미주판 한국일보 칼럼 '벤치'에서 필자 이태희 건축가는 다음과 같이 독자의 가슴 속 깊은 감성 코드를 울려준다.

"나는 벤치를 볼 때마다 '좁은 문'에 나오는 제롬과 알리사가 앉던 벤치를 생각한다. '좁은 문' 첫 문장은 성경 누가복음 13장 24절에 나오는 '좁은 문으로 들어가라'이다. 사랑하는 사이였던 제롬과 알리사는 나중에 헤어진다. 그들이 앉았던 벤치는 아마도 오래된 것이라서 나무가 회색빛으로 변했고 힘줄이 튀어나왔을 것 같은, 할머니의 쪼글쪼글한 손처럼 정겹게 느껴지는 벤치일 거라고 생각한다. 콜드워터 캐넌공원에는 제롬과 알리사의 벤치는 없지만 내가 좋아하는 시인 루미가 앉았었던 것 같은 벤치가 있다. 벤치에는 루미의 시 한 구절이 남겨져 있다. '옳고 그름을 따지지 않아도 되는 곳에서 너를 만나리Beyond the ideas of right and wrong, there is a field I will meet you there' 윤동주의 '별 헤는 밤'이 아니더라도, 알퐁스 도데의 '별'이 아니더라도, 나는 어려서 밤하늘의 별을 보면 시간가는 줄 몰랐다. 그러면서 내 집을 새로 지으면 침대에 누워서 밤하늘의 별을 볼 수 있도록 설계하리라 했다."

아, 프랑스어에서 유래한 단어로 '데자뷔De'javu'였던가. 거의 70년 전 나는 앙드레 지드Andre Gide의 '좁은 문La Porte E'troite Strait is the Gate'에서 처음으로 참사랑에 눈을 뜨게 되었다. 실존하는 인물이 아니고 이 소설에 나오는 여주인공 알리사에 폭 빠져 한동안 아주 지독한 상사병을 앓았다. 내 사춘기 어린 가슴은 물론 내 먼 눈 속엔 언제나 알리사 뿐이었다. 알리사 외엔 이 세상에 아니 온 우주에 아무도 아무 것도 존재하지 않았다. 너무 너무 간절하게 사모하고 그리워하면서, 앉으나 서나, 자나 깨나, 숨 쉬듯 알리사를 애타게 애절하게 부르고 있었다. 나의 가장 순수하고 강렬한 첫사랑이었다. 보고 만지고 느낄 수 있는 그 어떤 실체 이상으로 실감할 수 있는 나의 절절한 연인이었다.

앞에 인용한 이태희 씨 글을 접하면서 이 태곳적 나의 첫사랑이 내 가슴 속 깊은 곳으로부터 되살아나 내 전신 세포 조직망으로 퍼지다 못해 용암처럼 분출해 내 눈 앞에서 반짝이는 별들이 되고 있다. 이태희 씨처럼 나도 어려서부터 밤하늘의 별을 보면 시간가는 줄 몰랐고, 내 나이 40대까지 침실을 두고도 한겨울에도 노천에서 잠을 잤었다. 이제는 아니지만, 밤이나 낮이나 나는 아직도 무엇이 옳고 그름인지 별들에게 묻고 있다. 그러면서 이태희 씨가 인용한 루미의 시구詩句 그대로 "옳고 그림을 따지지 않는 곳(코스모스 핀 들판)beyond the ideas of right and wrong, there is a (cosmos) field"에서 그 동안 부자연스럽게 헤어졌었던 모든 제롬들과 알리사들이 다시 만나는 장면을 그려본다. 자, 이제 우리 정끝별 시인의 해설과 함께 기형도의 '빈집'과 '사랑을 잃고 나는 쓰네'를 해석한 조선일보의 글을 감상해보자.

빈집

사랑을 잃고 나는 쓰네

잘 있거라, 짧았던 밤들아

창밖을 떠돌던 겨울안개들아

아무것도 모르던 촛불들아, 잘 있거라

공포를 기다리던 흰 종이들아

망설임을 대신하던 눈물들아
잘 있거라, 더 이상 내 것이 아닌 열망들아
장님처럼 나 이제 더듬거리며 문을 잠그네
가엾은 내 사랑 빈집에 갇혔네

기형도 시인의 마지막 시다. 1989년 봄호 문예지에서 이 시를 읽었는데 일주일 후에 그의 부음을 접했다. 이제 막 개화하려는 스물아홉의 나이에, 삼류 심야극장의 후미진 객석에서 홀로 맞아야 했던 그의 죽음에 이 시가 없었다면 그의 죽음은 얼마나 어처구니없고 초라했을 것인가. 어릴 적부터 살던 집에서 이사를 계획하고 써졌다는 후일담도 있지만 이 시는 사랑의 상실을 노래하고 있다. 사랑으로 인해 밤은 짧았고, 짧았던 밤 내내 겨울안개처럼 창밖을 떠돌기도 하고 촛불 아래 흰 종이를 펼쳐놓은 채 망설이고 망설였으리라. 그 사랑을 잃었을 때 그 모든 것들은 더 이상 내 것이 아닌 열망이 되었으리라. 실은 그 모든 것들이 사랑의 대상이었을 것이다. 사랑을 떠나보낸 집은 집이 아니다. 빈집이고 빈 몸이고 빈 마음이다. 잠그는 방향이 모호하기는 하지만 문을 잠근다는 것은, 내 사랑으로 지칭되는 소중한 것들을 가둔다는 것이고 그 행위는 스스로에 대한 잠금이자 감금일 것이다. 사랑의 열망이 떠나버린 나는 빈집에 다름 아니고 그 빈집이 관을 연상시키는 까닭이다. 삶에 대한 지독한 열망이 사랑이기에, 사랑의 상실은 죽음을 환기 하게 되는 것일까.

'사랑을 잃고 나는 쓰네'라고 나직이 되뇌며 더 이상 내 것이 아닌 열망들을 하나씩 불러낸 후 그것들을 떠나보낼 때, 부름의 언어로 발설되었던 그 실연의 언어는 시인의 너무 이른 죽음으로 실연되었던가. 죽기 일주일 전쯤 "나는 뇌졸중으로 죽을지도 몰라"라고 말했다던 그의 사인은 실제로 뇌졸중으로 추정되었다. 그는 '오래된 서적'에서 "나의 영혼은 검은 페이지가 대부분"이라 했던 그가, 애써 "미안하지만 나는 이제 희망을 노래하련다."고 '정거장에서의 충고'에서 스스로를 다독이기도 했다. 소설가 성석제와 듀엣으로 불렀던 팝송 Perhaps Love를 들은 적이 있다. 플라시도 도밍고의 맑은 고음이 그의 몫이었다. "Perhaps, love is like a resting place"로 시작하던 화려하면서 청량했던 그의 목소리가 떠오른다. "나의 생은 미친 듯이 사랑을 찾아 헤매었으나 단 한 번도 스스로를 사랑하지 않았노라." '질투는 나의 힘'이라는 그의 독백도…….

순간 순간의 숨이 시가 되어라

2016년 6월 6일자 미주판 중앙일보 '문학산책' 칼럼 '시론으로 삶을 배우다'에서 김은자 시인은 다음과 같이 증언하고 있다.

"이메일 한 통 왔다. '김 시인님, 시집을 내려고 준비해 둔 시를 어제는 모두 내다 버렸습니다. 모름지기 시인은 삶으로 시를 쓰는 것이거늘, 삶은커녕 가슴으로 쓴 시조차 한 편 없으니 맛이 없어요. 컴퓨터에 저장해 놓은 시를 모두 날려버렸어요. 참 이상한 것은 알몸으로 거리를 활보하는 것처럼 시원하다는 거예요. 원고 청탁이 들어와도 줄 시가 없으니 시를 살아야 할 일만 남았네요.' 나는 기가 막혔다. 몇 년을 피를 토하며 썼을 시들을 삭제해 버렸다니 그건 또 무슨 궤변인가? 생각을 거듭할수록 안도현 시인의 시론집이 떠올랐다. '가슴으로 쓴 시가 진짜 시다.' 나는 펜을 들었다. 'L 시인님, 시를 살겠다고 원고를 날려버렸다는 편지를 읽고 화가 나기까지 했습니다. 그러나 시간이 지나면서 시를 살아야겠다는 시인님의 궤변을 이해하게 되었습니다. 안도현 시인의 가슴으로도 쓰고 손끝으로도 써라 라는 시론집에 의하면, 그는 대학 시절 시는 쓰는 것이 아니고 살아야 한다는 대학 선배들을 향해 문학적 허영이라고 대들었다고 합니다. 시에 빠진 초년병에게 세상에 무서울 것이 있었겠나요. 그때 선배들의 말이 제가 보기엔 히트입니다. 자네 시는 그래서 뒷심이 약한 거야. 그 이후 그는 거의 1년 동안이나 뒷심이라는 말을 고민했다고 합니다. 그런데 고민이 깊어질수록 문학의 무거움 속으로 빠져들었다고 합니다. 시를 공중분해 시키고도 버젓이 살아있는 L 시인님, 축하합니다. 밑지는 장사는 아닐 것을 확신합니다.'

L 시인과 김 시인께 깊은 경의를 표하고 큰 박수를 보낸다."

나 역시 열 살 때 나 자신에게 하는 독백으로 '바다'라는 동시를 지어 평생토록 밤낮으로 주문 외듯 기도하듯 하면서, 스스로에게 다짐해왔다. 글이란 종이에다 펜으로 쓸 게 아니라 인생이란 종이에다 삶이란 펜으로 사랑의 땀과 피와 눈물이란 잉크로 써야 한다고 다짐했다. 그 한 예를 들어보자. 지난 5월 31일 세계 서핑 리그 피지 여자선수권 대회에 출전해 3위를 차지한 베타니 해밀톤Bethany Hamilton은 몸으로, 그것도 팔이 하나 없는 몸으로 더할 수 없도록 아름다운 시 한 편을 썼다. 하와이 출신 베타니는 서핑 좋아하는 부모 따라 걷기 전부터 바다에서 살면서13 살 때인 2003년 10월 이른 아침 서핑을 나갔다가 상어의 공격을 받아 왼쪽 팔을 잃었다. 또 한 예를 들어보자. 지난 6월 3일 세상을 떠난 무하마드 알리Muhammad Ali도 팔이 아니라 백인이라는 백상어에게 물려 두 날개를 잃고도 '나비처럼 떠서 벌처럼 아니 별처럼 쏘는' 어두운 밤하늘에 반짝이는 시를 썼다.

흑인이란 이유로 레스토랑 입장을 거절당하자 알리는 올림픽에서 딴 금메달을 오하이오 강물에 던져버리고, 백인들이 노예에게 준 성을 쓰지 않겠다며 자신의 캐시어스 클레이Cassius Clay란 이름도 버리고 캐시어스 엑스라는 이름으로 개명했다가 이슬람 지도자 엘리야 무하마드의 이름을 따 아예 '무하마드 알리Muhammad Ali'로 이름을 바꿨다. 그리고 그는 "나는 알라를 믿고 평화를 믿는다. 백인 동네로 이사할 생각도 없고 백인 여자와 결혼할 생각도 없다. 나는 당신들 백인이 원하는 챔피언이 되지 않을 것이다."라고 외쳤다.

옛날 로마 시대 노예들을 검투사로 죽기 살기로 싸움을 붙이고 즐겨 관람하던 잔인한 경기의 잔재인 복싱이란 링에서보다 링 밖의 세계란 무대에서 알리는 약자들의 인권 챔피언이었다. 1942년 흑인 노예의 손자로 태어난 알리는 스스로를 '민중의 챔피언people's champion'이라고 불렀고, 1967년 베트남전 징집 대상이 되었지만 "이봐, 난 베트콩과 아무런 다툴 일도 없다. 어떤 베트콩도 나를 깜둥이라고 부르지 않는다.Man, I ain't got no quarrel with them Viet Cong. No Viet Cong Called Me Nigger."며 양심적 병역거부를 해 선수 자격을 박탈당하고 징역 5년 실형을 선고 받았었다. 알리가 남긴 수많은 시적인 말 중에 내가 특히 좋아하는 15 마디 인용해보리라.

1. 내가 얼마나 지독한지 약조차 병이 나 앓게 된다.
2. 너를 지치게 하는 건 네가 오를 산들이 아니고 네 신발 속에 들어간 돌 조각이다.
3. 어떤 생각이 내 머리 속에 떠오르면 내 가슴이 믿게 되고 그러면 내가 그 생각을 현실로 만들 수 있다.
4. 하루하루 매일이 네가 살 마지막 날인 것처럼 살아라. 그런 날이 꼭 올 테니까.

5. 상상력이 없는 사람은 날개가 없는 거다.
6. 불가능이란 말은 단지 바꿔야 할 그들에게 주어진 세상을 바꿀 수 있는 가능성을 탐색하는 대신 그 현실에 안주하려는 소인배들이 둘러대는 거창한 단어일 뿐이다. 불가능이란 사실이 아니고 의견이며 결코 선언이 아니다. 도전에 맞서는 대담성이다. 따라서 불가능이란 가능성이고 한시적이며 아무 것도 아니다.
7. 다른 사람에게 봉사하는 일은 지불할 이 지상에서의 네 숙박료다.
8. 날짜를 세지 말고 매일이 보람되게 하라.
9. 위험을 무릅쓸 만큼 용감하지 못한 자는 인생에서 아무 것도 성취하지 못하리라.
10. 네가 원하는 사람이 나는 될 필요가 없다.
11. 나이는 네 생각대로다.
12. 나는 얼마나 빠른지 어젯밤 호텔방 전기 스위치를 끄고 불이 나가기도 전에 침대에 들어갔다.
13. 내가 하는 조크는 진실을 말하는 거다. 그게 세상에서 제일 재미있는 농담이다.
14. 강들, 연못들, 호수들, 시내들 모두가 다른 이름이지만 다 물이듯이 종교들도 다른 이름들이지만 모두가 진리들이다.
15. 노년은 한 사람 일생의 기록이다.

아, 우리 각자의 삶, 아니 순간순간의 숨이 시가 되어라.

우린 모두 무지개가 되기 위한 물방울들이어라

2016년 6월 8일자 미주판 중앙일보 '시로 읽는 삶' 칼럼 '찔레꽃 핀다'를 조성자 시인은 이렇게 끝맺고 있다. "이루지 못한 사랑은 다 아프다. 목젖에 걸린 가시처럼 통증을 유발한다. 그러나 이루지 못했으므로 순백이다. 미완만이 영원성 갖는 것이라고 하지 않던가. 이루지 못한 사랑 하나쯤 지니고 사는 인생도 괜찮다고 생각된다. 마음에 미소를 지니고 살 수 있을 테니까."

나도 즐겨 시청하는 MBC 예능프로그램 '일밤-복면가왕'에서 18주 동안 9연승을 올리면서 수많은 명곡을 '레전드 무대'

로 만들어 시청자들과 팬들에게 진한 감동과 여운을 남기고 151일 만에 가면을 벗은 '우리 동네 음악대장' 하현우(국가스텐)가 10연승을 달성하지 못한 것을 천만다행이라고 생각했다. 특히 그가 부른 신해철(1968−2014)의 노래 'Lazenca, Save Us'와 '일상으로의 초대' '민물장어의 꿈' 3곡이 지난 6월 5일 '복면가왕' 방송 이후 음원으로 출시되었다고 한다. 신해철 부인인 윤원희씨는 "음악대장의 인상적인 무대에 감동했고, 그의 복면가왕 무대 덕분에 시청자가 남편의 작품을 다시 한 번 접하게 된 것 같아 좋았다"며 음원 출시 소감을 밝혔다. 가수 신해철의 사망 사고가 의료과실이었다고 이 사건을 수사한 경찰이 결론 내렸다지만, 어떻든 죽음이란 블랙홀에 빠져들어간 고인의 노래가 되살아난 게 아닌가.

"하나의 검은 구멍에 털 한 오라기도 없다." 이 말은 미국의 저명한 물리학자로 'black hole'이란 천문학 용어를 일반에게 널리 소개한 존 아치볼드 휠러John Archibald Wheeler (1911−2008)의 말이다. 이 'black hole'이란 과학이 마술 부리듯 조작해낸 가장 가공할 악마 같은 존재로 물리학자, 특히 천체 물리학자들이 평생토록 붙들고 씨름하듯 싸워온 괴물 중에 괴물이다. 밑도 끝도 없이 깊고 밀도가 치밀해 이 우주의 함정에 한번 빠지면 빛이든 생각이든 아무 것도 빠져나올 수 없다고 오랫동안

정설이 되었었다. 그러나 꼭 그렇지 않을 수도 있다는 이론이 최근 제기되었다. 6월 6일자 '물리학 평론지Physical Review Letters'에 발표한 논문에서 영국의 천문학자 스티븐 호킹과 그의 두 동료 천체물리학자인 하버드 대학의 앤드루 스트로밍거, 그리고 케임브리지 대학의 맬컴 페리는 이 'black holes'에서 빠져나올 수 있는 단서를 찾았다고 주장한다. 이와 관련해 가진 인터뷰에서 하는 호킹 박사의 말을 좀 들어보자.

"우리가 누구인지는 과거가 말해준다. 과거가 없다면 우리의 정체성을 잃게 된다. It's the past that tells us who we are. Without it we lose our identity. 무엇이 우리 인간을 인간답게 하는가?What makes humans unique? 중력은 우릴 땅에 붙잡아 두나 난 비행기를 타고 여기 뉴욕까지 왔다. 난 내 목소리를 잃었지만 목소리 인조 합성 재생기 하나로 말할 수가 있다. Gravity keeps us down, but I flew here on an airplane. I lost my voice, but I can speak through a voice synthesizer. 이런 한계를 우리가 어떻게 초월할 수 있을까?How do we transcend these limits? 우리 정신과 기계로With our minds and our machines."

옳거니, 비록 우리 모두 각자가 조만간 앞서거니 뒤서거니 사고사事故死든 자연사自然死든 죽음이란 'black holes'에 빠져 아무런 흔적도 남기지 않고 사라질 것 같지만 꼭 그렇지가 않은 것이리라. 자식이란 육체적인 씨가 되었든 아니면 사상이란 정신적인 씨가 되었든 또는 음악과 글과 그림이란 예술적인 씨가 되었든 'big bang'으로 'black holes'에 뿌려진 씨가 제각기 소우주micro-cosmos로 열매 맺어 이 모든 소우주들이 대우주macro-cosmos 코스모스바다를 이루게 되는 것이리라. 그러니 우린 모두 하나같이 하늘과 땅이, 음과 양이, 하나로 합일해서 피어난 코스모스로 하늘하늘 하늘에서 노래하는 '복면가왕'의 '음악대장'이어라. 소년시절 그려본 우리 모두의 자화상을 여기 펼쳐 본다.

코스모스

소년은 코스모스가 좋았다.
이유도 없이 그냥 좋았다.
소녀의 순정을 뜻하는
꽃인 줄 알게 되면서
청년은 코스모스를
사랑하게 되었다.
철이 들면서 나그네는
코스미안의 길에 올랐다.
카오스의 우주에서

코스모스를 찾아.

그리움에 지쳐

쓰러진 노인은

무심히 뒤를 돌아보고

빙그레 한 번 웃으리라.

걸어 온 발자국마다

무수히 피어난

코스모스를 발견하고.

무지개를 올라탄

파랑새가 된 코스미안은

더할 수 없이 황홀하리라.

하늘하늘 하늘에서 춤추는

코스모스바다 위로 날면서.

아, 우린 모두 하나같이 이런 코스모스바다에서 출렁이는 사랑의 땀과 피와 눈물방울들이어라. 아, 우린 모두 하나같이 이런 하늘하늘 하늘에 뜨는 무지개가 되기 위한 물방울들이어라.

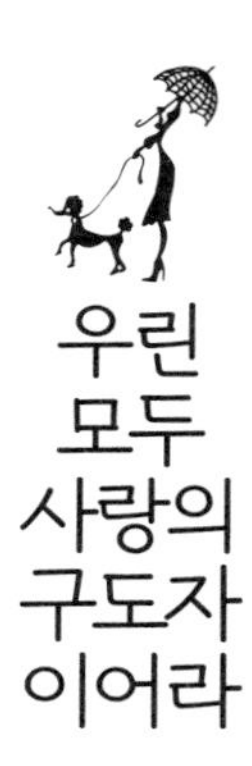

우린 모두 사랑의 구도자 이어라

1970년대 젊은 시절 읽고 기억에 남는 글 하나가 있다. 한국어로도 번역 소개되어 잘 알려진 버트런드 러셀Bertrand Arthur William Russell의 자서전 서문 '뭘 위해 내가 살아왔나What I Have Lived For'에 나오는 말이다.

"세 가지 단순하나 압도적으로 강렬한 열정이 내 삶을 지배해 왔다. 사랑과 지식과 인류가 겪는 고통에 대해 견디기 힘든 연민의 정이다. Three passions, simple but overwhelmingly strong, have governed my life: the longing for love, the search for knowledge, and unbearable pity for the suffering of mankind." 여기서 그가 말하는 사랑은 남녀 간의 사랑이고, 지식이란 진리탐

구이며, 연민이란 인류애를 뜻한다. 이는 우리 모두의 가장 중요한 일 아닌가. 관심 있는 독자들을 위해 그 영문 서문 전문을 인용해보리라.

1) The Prologue to Bertrand Russell's Autobiography

1. What I Have Lived For

Three passions, simple but overwhelmingly strong, have governed my life: the longing for love, the search for knowledge, and unbearable pity for the suffering of mankind. These passions, like great winds, have blown me hither and thither, in a wayward course, over a great ocean of anguish, reaching to the very verge of despair.

I have sought love, first, because it brings ecstasy-ecstasy so great that I would often have sacrificed all the rest of life for a few hours of this joy. I have sought it, next, because it relieves loneliness-that terrible loneliness in which one shivering consciousness looks over the rim of the world into the cold unfathomable lifeless abyss. I have sought it finally, because in the union of love I have seen, in a mystic miniature, the prefiguring vision of the heaven that saints and poets have imagined. This is what I sought, and though it might seem too good for human life, this is what-at last-I have found.

With equal passion I have sought knowledge. I have wished to understand the hearts of men. I have wished to know why the stars shine. And I have tried to apprehend the Pythagorean power by which number holds sway above the flux. A little of this, but not much, I have achieved.

Love and knowledge, so far as they were possible, led upward toward the heavens. But always pity brought me back to earth. Echoes of cries of pain reverberate in my heart. Children in famine, victims tortured by oppressors, helpless old people a burden to their sons, and the whole world of loneliness, poverty, and pain make a mockery of what human life should be. I long to alleviate this evil, but I cannot, and I too suffer.

This has been my life. I have found it worth living, and would gladly live it again if the chance were offered me.

Bertrand Russell (1872-1970) won the Nobel prize for literature for his History of Western Philosophy and was the co-author of Principia Mathematica.

그러니 생전에 그는 이런 말도 했으리라. "그 어떤 신중함보다 참된 행복에 가장 치명적인 것은 어쩜 사랑에 신중함이다.

Of all forms of caution, caution in love is perhaps the most fatal to true happiness."

우리 링컨이 남녀 간의 사랑에 대해 한 말을 음미해보자.

"어떤 여인이 나와 운명을 같이 하기로 결정한다면, 나는 전력을 다해 그 여인을 행복하고 만족하게 해주리라. 이렇게 하는데 실패한다면 이보다 더 날 불행하게 하는 일은 없으리라.

Whatever woman may cast her lot with mine, should any ever do so, it is my intention to do all in my power to make her happy and contended; and there is nothing I can imagine that would make me more unhappy than to fail in the effort."

우리 김구 선생님의 말씀도 되새겨보자.

대붕역풍비 생어역수영 大鵬逆風飛 生魚逆水泳

커다란 새는 바람을 거슬러 날고, 살아있는 물고기는 물을 거슬러 헤엄

친다. 사랑의 문화와 평화의 문화로 우리 스스로 잘 살고 더불어 인류 전체가 의좋고 즐겁게 살도록 하자. 네 인생의 발전을 원하거든 너 자신의 과거를 엄하게 스스로 비판하고, 한 마음 한 뜻으로 덕을 쌓고 네 앞날을 개척할지어다. 마음속의 3.8선이 무너져야 땅 위의 3.8선도 무너질 수 있다. 인류 전체로 보면 현재의 자연과학만으로도 충분히 편안하게 살아갈 수 있다. 인류가 불행해지는 근본 이유는 인의가 부족하고, 자비가 부족하며, 사랑이 부족한 까닭이다. 개인의 자유를 주창하되, 그것은 저 짐승들과 마찬가지로 저마다 자기의 배를 채우기에 급급한 그런 자유가 아니라, 제 가족을 제 이웃을 제 국민을 잘 살게 하는 자유이어야 한다. 또한 공원의 꽃을 꺾는 자유가 아니라, 공원에 꽃을 심는 자유여야 한다. 우리는 남의 것을 빼앗거나 남의 덕을 입으려는 사람이 아니라 가족에게, 이웃에게, 동포에게 나눠주는 것으로 보람으로 삼는 사람들이다. 이른바 선비요, 점잖은 사람들인 것이다. 사랑하는 처자를 가진 가장은 부지런할 수밖에 없다. 한없이 주기 위함이다. 힘든 일은 내가 앞서 행하니 그것은 사랑하는 동포를 아낌이요, 즐거운 것은 남에게 권하니 이는 사랑하는 자가 잘되길 바라기 때문이다. 우리 조상이 추구했던 인후지덕仁厚之德이란 그런 것이다.

앞에 인용한 러셀의 '뭘 위해 내가 살아왔나'를 우리 모두 스스로에게 물어볼 일 아닌가. 우린 모두 하나같이 사랑의 구도자라면 말이어라.

雲雨之樂

운우지락의 무지개에 오르리

성격이나 인격으로도 번역될 수 있는 영어 단어가 있다. 다름 아닌 캐릭터character다. '성격 혹은 인격이 운명이다.Character Is Destiny.' 이 말은 '성격' 없인 '인격'도 없다는 뜻이리라. 1990년대 중반이었나. 한 젊은 여성 시인의 성性에 대한 도발적인 표현에 독자들은 혼비백산했다는 뉴스를 접하고 이 무슨 눈 가리고 야옹 하듯 호들갑 떠는 야단법석인가 하면서 나는 이 여성 시인의 솔직한 용기에 큰 박수를 쳤다. 동시에 가슴 밑으로 찡한 전율까지 느꼈었다. 극심한 연민에 찬 감정이입의 엠퍼시empathy라는 뜨거운 용암이 솟구치는 것이었다.

“아아 컴퓨터와 씹할 수만 있다면”이란 구절이 실린 최영미 시인의 시집 ‘서른, 잔치는 끝났다’는 베스트셀러가 되었고, 당시 무려 52쇄까지 찍으며 어마어마한 돌풍을 일으켰다고 하지 않나. 독자들은 “입 안 가득 고여 오는 마지막 섹스의 추억”이란 시 구절에서 한 번쯤 경기驚氣가 들렸다고 한다. 오죽 씹할 상대로 남자나 여자 인간 아니면 개 같은 동물 또는 가지, 오이, 옥수수, 바나나 같은 식물조차 없었으면 ‘컴퓨터’ 같은 기계하고라도 하고 싶었을까, 생각하니 관세음보살의 대자대비 이상의 측은지심이 발동하는 거였다. 여고생들의 원조교제를 다루어 화제를 모았던 김기덕 감독의 작품 ‘사마리아’가 생각난다. 제 54회 베를린 국제영화제에서 한국 감독으로는 처음으로 은곰상(감독상)을 수상한 그의 열 번째 작품 ‘사마리아’의 줄거리를 이 영화를 보지 않은 독자들을 위해 간략히 소개해본다.

‘사마리아’는 버림받은 사람이라는 뜻과 죽은 마리아 또는 성녀의 반대의 의미이나 영화에서는 역설적으로 쓰였다고 한다. 원조교제를 하는 여고생과 그러한 딸의 원조교제를 알게 된 아버지의 복수와 화해를 그린 작품으로 ‘소외된 자들의 시선으로 세상을 관찰 하면서 그 속에 상징과 풍유 알레고리를 담은 미학적 영화’라는 평가를 받았으나, 일부에서는 영화로 포장된 여성혐오 영화라는 비판도 있었다. 그 줄거리는 이렇다.

유럽 여행을 갈 돈을 모으기 위해 채팅에서 만난 남자들과 원조교제를 하는 여고생 여진과 재영이 주인공인데 재영은 창녀, 여진은 포주 역할이다. 여진이 재영이 인척 남자들과 컴으로 채팅을 하고 전화를 걸어 약속을 잡으면, 재영이 모텔에서 남자들과 만난다. 낯모르는 남자들과 섹스를 하면서도 재영은 항상 웃음을 잃지 않는다. 모르는 남자들과 만나 하는 섹스에 의미를 부여하는 재영을 이해할 수 없는 여진에게 어린 여고생의 몸을 돈을 주고 사는 남자들은 모두 더럽고 추한 존재들일 뿐이다. 그러던 어느 날, 모텔에서 남자와 만나던 재영은 갑자기 들이닥친 경찰을 피해 창문에서 뛰어내리다 여진의 눈앞에서 죽게 된다. 재영의 죽음에 커다란 충격을 받은 여진은 재영의 죽음을 애도하기 위해 재영의 수첩에 적혀 있는 남자들을 차례로 찾아가 재영이 받았던 돈을 돌려주자 남자들은 오히려 평안을 얻게 된다. 남자들과의 잠자리 이후 남자들을 독실한 불교신자로 교화시켰다는 인도의 창녀 '바수밀다婆須蜜多'처럼 여진 또한 성관계를 맺은 남자들을 정화시킨다고 믿는 해괴한 논리를 실천해 나가는 것이다.

형사인 여진의 아버지는 살인사건 현장에 나갔다가 우연히 옆 모텔에서 남자와 함께 나오는 자신의 딸 여진을 목격하게 된다. 아내 없이 오직 하나뿐인 딸만을 바라보며 살아온 아빠에겐 딸의 매춘은 엄청난 충격이다. 딸을 미행하기 시작한 아빠는 딸과 관계를 맺는 남자들을 차례로 살해해 복수를 하지만, 고통은 여전하다. 영화는 아버지가 딸의 원조교제를 용서하고 자신의 죗값을 치르게 되면서 끝난다. 영화의 끝부분에서 아빠는 딸과 함께 여진의 엄마 산소를 찾아 갔다가, 그 근처에서 딸에게 운전을 가르쳐주고 나서 미리 자수해 연락해 놓은 동료 형사에게 체포된다. 이 사실을 모른 채 차를 계속 몰던 여진은 아버지가 수갑을 차고 끌려가자 서툰 운전으로 쫓아가다 진흙에 빠져 차는 움직이지 못하게 된다.

요즘 젊은 여성 사이에서 뜨거운 반응을 얻고 있는 신조어가 있는데, 이름하여 '시선 폭력'이니 '시선 강간'이란다. 원치 않는 타인의 시선이 폭력을 당하는 것처럼 불쾌하고, 남성의 음흉한 시선을 받는 것만으로도 강간에 준하는 정신적 고통을 느낀다는 의미란다. 세월이 변한 것일까, 아니면 사람이 변한 것일까. 음양조화의 자연의 섭리와 이치가 변하지는 않았을 텐데, 내가 갖고 있는 상식으로는 도저히 이해할 수가 없다. 여자는 남자를 위해, 남자는 여자를 위해 있는 존재라면 말이다. 성性이 불결하다고 잘못 세뇌된 만성 고질병이 아니라면 중증의 급성 결벽증으로 볼 수밖에 없을 것 같다. 내가 아무한테도 눈에 띄지 않고 어떤 하등의 흥미나 관심 밖의 전혀 매력 없는, 있어도 없는 것 같은 존재라면, 이보다 더 슬프고 비참한 일이 어디 있을까. 꽃이 아름답게 피어도 봐 줄 사람이 없거나 찾아오는 벌과 나비가 한 마리도 없다면 꽃의 존재이유가 있을 수 있을까. 누가 날 쳐다본다는 건, 내가 아직 살아 있고, 젊었으며, 아무도 찾지 않는 시베리아 같은 불모지지不毛之地이거나 '씨 없는 수박'이 아니란 실증이 아닌가. 물론 나 자신의 실존적인 존재감은 다른 사람의 시선과는 전혀 상관없이 자존자대自尊自大의 자가보존自家保存하고 자아실현自我實現하며 자아완성自我完成해야 생기는 것이라고 하더라도 말이다.

문득 1939년에 나온 미국의 뮤지컬 영화 '오즈의 마법사'에서 캔자스시티의 농장 소녀 도로시 역을 맡은 16세 주디 갈란드Judy Garland가 회오리바람에 휩쓸려 황홀한 여행을 하기 전, 황량하고 광막한 벌판 위 농장에서 '어딘가 무지개 위로Somewhere Over The Rainbow'를 부르며 먼 하늘을 바라보는 장면이 떠오른다. 그리고 도로시의 친구들, 뇌 없는 허수아비, 심장 없는 깡통나무꾼, 겁 많은 사자도 떠오른다. 우리 그 노랫말을 따라 불러보자. 이 노래를 부르며 우리도 파랑새처럼 운우지락雲雨之樂의 무지개에 오르리.

Somewhere, over the rainbow, way up high
There's a land that I heard of, once in a lullaby
Somewhere, over the rainbow, skies are blue.
And the dreams that you dare to dream really do

come true.

Someday I'll wish upon a star, and wake up where the clouds are far behind me.

Where troubles melt like lemon drops, away above the chimney tops.

That's where you'll find me.

Somewhere, over the rainbow, bluebirds fly.

Birds fly over the rainbow, why can't, why can't I?

If happy little bluebirds fly, beyond the rainbow,

Why, oh, why can't I?

꿀벌 같이 살아 볼 거나

영국의 진화생물학자 리처드 도킨스Richard Dawkins는 어머니 자궁에서 아빠의 정자와 엄마의 난자가 만나 잉태되는 확률이 아라비아 사막에 있는 모래알 숫자보다 많은 수 가운데 하나라고 했다. 이런 확률은 더 적어진다. 왜냐하면 이런 복권 당첨이란 우리가 임신되기 전부터 시작되기 때문이다. 수많은 사람 중에 우리 부모가 될 남녀가 만나야 되고 이 두 사람의 성적 관계를 통해 불가사의하게도 내가 수정受精 수태受胎된 까닭에서다. 어디 그뿐이랴. 상상을 절絕하는 태곳적에 '빅뱅Big Bang'을 통해 우주의 원초적 정자들이 '블랙홀Black Holes'에 몰입해 수많은 별들이 탄생했을 터이고, 부지기수의 별들 가운데 하나인 이

지구라는 아주 작은 별에 생긴 무수한 생물과 무생물 중에서 당첨되는 이 복권이야말로 더할 수 없는 '행운의 여신Dame Forune' 우리말로는 '삼신할머니'의 축복이 아니라면 무엇이겠는가.

앨버트 아인슈타인은 신神이 "세상과 주사위 놀이를 한다. plays dice with the world"고 믿고 싶지 않았다지만, 신은 몰라도 천문학적으로 기적 이상의 복권 당첨으로 일단 인간으로 이 세상에 태어난 우리 모두는 이 세상사는 동안만큼은 이 '행운의 주사위 놀이'를 해봄직 하지 않은가? 가능한 한 고생苦生이 아닌 낙생樂生을 해보자는 말이다. 내 동료인 법정 통역관 중에 로물로라는 아주 젊고 남성미 철철 넘치는 스패니쉬가 있다. 스스럼없이 성적 농담도 즐겨 나누는 친한 사이이다. 내가 붙여준 별명이 '제비 왕자Prince Gigolo'이다. 이 친구는 얼굴에 시커멓게 난 수염도 안 깎는다. 자기는 공화당원Republican이 아니고 민주당원Democrat이라면서 씨익 웃는다. 우리 둘 사이에서는 이 두 단어가 정치적이 아니고 성적으로 쓰인다. 빌 클린턴처럼 여성으로부터 오럴 서비스 받기만 좋아하면 공화당원이고 주는 걸 더 좋아하는 그 반대이면 민주당원이다. 이런 관점에서 볼 때, 도널드 트럼프는 물론이겠지만 힐러리 클린턴도 공화당원일 것 같다.

요즘 미국에선 '슈거 대디Sugar Daddy'와 '슈거 마미Sugar Mummy' 그리고 '슈거 베이비Sugar Baby'란 말들이 대유행이다. 부부나 애인 또는 사랑하는 자녀에게 흔히 달콤한 꿀단지 같다고 Honey 라는 애칭을 쓰듯이, 당뇨병과 비만증 등을 유발하는 건강에 해로운 설탕 '슈거'보다는 Honey Daddy니 Honey Mummy니 Honey Baby라 하는 게 더 좋지 않을까. 최근 주요 일간지에 AP통신 기획 기사가 전재됐다. 대학 등록금이 매년 치솟자 돈 많은 아버지뻘 남자(슈거 대디)와 원조 교제를 통해 학비를 해결하는 여대생이 크게 늘어나고 있다는 얘기다. '슈거 베이비'로 불리는 여대생들을 슈거 대디와 연결해주는 SeekingArrangement.com 등의 웹사이트도 성업 중이란다.

지난해 미국 대학졸업생들은 1인당 평균 3만 5천 달러, 대학원 졸업생들은 7만 5천 달러, 법대나 의과대학 졸업생들은 몇 십만 달러의 학비융자금 빚을 지고 있다. 이런 저런 장학금과 융자금으로 겨우 등록금을 해결한 다음에도 기숙사나 아파트 비용과 용돈을 벌기 위해 변변치 않은 보수의 아르바이트를 할 수밖에 없는 여대생들이 찾는 편리한 대안이 바로 '슈거 대디'다. 청순미와 지성미를 갖춘 슈거 베이비들이 아버지뻘 슈거 대디의 비즈니스 여행에 동반하기도 하면서 낮엔 비서로, 밤엔 연인으로 섹스 서비스를 제공하는 대가로 받는 월 평균 용돈수입이 3천 달러인데, 한 슈거 대디는 지난 2년간 3명의 슈거 베이비와 사귀면서 10만 달러를 썼다고 한다. 전문 웹사이트 SeekingArrangement.com는 2010년 7만 9천 4백여 명이었던 등록자 수가 올해엔 2백여만 명으로 늘어났고, 이들 중 약 3분의 1이 여대생이며, 매일 수천 명이 등록하지만 등록금 납부시즌인 8월과 1월엔 등록자가 평소의 몇 배로 폭증한단다. 미국의 슈거 베이비들은 성인이므로 법적 제재대상도 아니라서 앞으로 계속 증가할 전망이다.

뿐만 아니라 남녀평등사회를 지향해서인지, 슈거 대디와 맞먹는 슈거 마미도 증가추세라고 한다. 사회적으로 성공한 재력 있는 커리어 여성들이 아들뻘 되는 젊은 남성을 슈거 베이비로 삼는데, 이런 청년들은 한국의 제비족처럼 꼭 남자 대학생이 아닐 수도 있단다. 내가 젊었을 때 내 주위에도 이런 친구가 하나 있었는데 실은 나도 내심 이 친구를 많이 부러워하기만 했었다. "모든 전문직종이란 일반 대중을 등쳐먹는 음모의 공범들이다. All professions are conspiracies against the laity." 이렇게 일찍이 아이리쉬 극작가 조지 버나드 쇼George Bernard Shaw가 갈파했다. 이는 극히 자연스럽고 상식적인 진실을 외면한 채 괜히 어렵고 복잡하게 이러쿵저러쿵 공연한 말로서 유식하게 말 많은 전문가들을 풍자한 말이었으리라. 너 나 할 거 없이 우린 모두 뭣인가를 팔아먹고 산다. 육체노동이든 정신노동이든 감정노동이든 노동을 파는 자가 노동자라면, 우린 모두 하나같이 노동자일 뿐이다. 그런데도 그 알량한 지식을 파는 사람을 학자, 선무당 같은 의료요술이나 법률기교를 부리는 사람을 의사다 법관이다 변호사다 하면서 높으신 양반들로 떠받든다.

우리 깊이 좀 생각해보면 구체적인 몸을 파는 게 추상적인 정신을 파는 거보다 더 정직하고 실질적이 아닌가. 더군다나 추상적인 정신보다 더 막연한 가공의 예술을 판다는 건 그 더욱 구름잡이가 아닐까. 같은 몸을 팔더라도 인명을 살상하는 전쟁과 폭력의 용병이 되기보단 나부터 즐겁고 동시에 너도 즐겁게 해주는 성性노동이 억만 배 낫지 않겠는가 말이다. 내가 조숙했었을까. 사춘기 때 벌써 사추기思秋期를 맞았었는지 그 당시 지어 불렀었던 가을 노래를 60여 년이 지나 이제 새삼 다시 읊조려 본다. 돌이켜 보면 어쩜 사춘기 이후로 언제나 나는 가을살이를 해왔는지도 모르겠다.

가을 노래

낙엽이 진다. / 타향살이 / 나그네 가슴 속에 / 낙엽이 진다. / 그리움에 사무쳐 / 시퍼렇게 멍든 / 내 가슴 속에 노랗게 빨갛게 / 물든 생각들이 / 으스스 소슬바람에 / 하염없이 / 우수수 흩날려 / 떨어지고 있다. / 왕자도 거지도 / 공주도 갈보도 / 내 부모형제와 / 그리운 벗들도 / 앞서거니 / 뒤서거니 / 하나 둘 모두 / 삶의 나무에서 / 숨지어 떨어지고 있다. / 머지않아 나도 / 이 세상천지에서 / 내 마지막 숨을 / 쉬고 거두겠지. / 그러기 전에 / 내 마음의 고향 찾아가 / 영원한 나의 님 / 품에 안기리라. / 엄마 품에 안겨 / 고이 잠드는 / 애기 같이 / 꿈꾸던 잠에서 / 깨어날 때 / 꿈에서 깨어나듯 / 꿈꾸던 삶에서 / 깨어날 때 / 삶의 꿈에서도 깨어나 / 삶이 정말 / 또 하나의 꿈이었음을 / 깨달아 알게 되겠지. / 그렇다면 / 살아 숨쉬며 / 꿈꾸는 동안 / 새처럼 노래 불러 / 산천초목의 / 춤바람이라도 / 일으켜 볼까 / 정녕 그렇다면 / 자나 깨나 / 꿈꾸는 동안 / 개구리처럼 울어 / 세상에 보기 싫고 / 더러운 것들 죄다 / 하늘의 눈물로 / 깨끗이 씻어 볼까 / 정녕코 그렇다면 / 숨 쉬듯 꿈꾸며 / 도道 닦는 동안 / 달팽이처럼 / 한 치 두 치 / 하늘의 높이와 / 땅의 크기를 / 헤아려 재 볼까. / 아니면 / 소라처럼 / 삶이 출렁이는 / 바닷소리에 / 귀 기울여 볼까 / 아니야 / 그도 저도 말고 / 차라리 벌처럼 / 갖가지 아름다운 / 꽃들 찾아다니며 / 사랑의 꿀을 모으리라. / 그러면서 / 꿀 같이 단꿈을 / 꾸어 보리라.

이렇게 허니 비Honey Bee 같이 고생 아닌 낙생의 삶을 우리 모두 살아 볼거나!

각자가 제 운명의 주인이다

"내 탓이 아니고, 네 탓이지YOUR FAULT, NOT MINE" 이솝우화에 나오는 이야기는 제 운명의 주인이라는 교훈을 주고 있다.

한 나그네가 긴 여정에 지쳐 깊은 우물가에 쓰러졌다. 전해오는 얘기로, 그가 물에 빠지기 직전에 행운의 여신이 나타나 그를 잠에서 깨우면서 말하기를 "안녕하세요, 선생님, 빌건대 정신 좀 차리고 일어나세요. 당신이 물에 빠져 죽으면 사람들은 내 탓이라며 내게 오명을 씌울 거예요. 사람들은 아무리 자신들의 어리석음으로 초래했더라도 모든 불행을 다 내 탓으로 돌린답니다. A traveler, wearied with a long journey, lay down overcome with fatigue on the very brink of a deep well. Being within an inch of falling into the water, Dame Fortune, it is said, appeared to him and, waking him from his slumber, thus addressed him: Good sir, pray wake up: for had you fallen into the well, the blame will be thrown on me, and I shall get an ill name among mortals; for I find that men are sure to impute their calamities to me, however much by their own folly they have really brought them on themselves."

또한 오프라 윈프리Oprah Winfrey의 말은 유비무환有備無患의 교훈을 준다.

내 인생에서 행운이란 없다. 아무 것도 없다. 많은 은총과 많은 축복과 많은 신적인 디자인 설계가 있었을 뿐이나 나는 행운을 믿지 않는다. 나한테는 행운이란 준비상태로 기회의 순간을 포착하는 것이다. 기회의 순간을 맞을 준비 없인 행운이란 없다. 나로 말할 것 같으면 내 손, 그리고 또 하나의 손, 내 손보다 크고 내 힘보다 큰 힘이 있었기에 나 자신도 모르는 방식으로 내가 준비되어 왔다는 사실이다. 나와 모든 사람에게 이 진실은 우리 삶에 일어나는 모든 일 매사가 우리를 앞으로 닥칠 순간에 대비시켜 준다는 거다. Nothing about my life is lucky. Nothing. A lot of grace, a lot of blessings, a lot of divine order, but I don't believe in luck. For me, luck is preparation meeting the moment of opportunity. There is no luck without you being prepared to handle that moment of opportunity. And so what I would say for myself is that because of my hand, and a hand and a force greater than my own, I have been prepared in ways I didn't even know I was being prepared for. The truth is, for me and for every person, every single thing that has ever happened in your life is preparing you for the moment that is to come.

자, 이제 미국 대선 공화당 경선에서 거의 모든 사람의 예상 외로 16명의 경쟁자들을 따돌리고 최종 지명자가 됐을 뿐만 아니라 11월 본선에서도 또한 모든 예상을 뒤집고 당선자가 된 도널드 트럼프의 다음과 같은 말도 좀 음미해보자.

"당신은 '행운이란 기회가 준비를 만날 때 찾아온다.'는 말을 들었을 것이다. 나는 이 말에 동의한다. 누구는 운이 좋다고 마치 자신들은 그렇지 못하다는 걸 강조하듯이 사람들이 말하는 걸 자주 들었다. 내가 생각하건대 사실은 불평하는 사람들이 운이 좋도록 노력하지 않는다는 거다. 당신의 운이 좋으려면 큰일을 준비하시라. 그렇다. 영화를 보는 게 더 재미있겠지만 당신이 영화산업에 뛰어들 생각이 없다면 시간 낭비다. 당신의 재능을 개발하려면 노력이 필요하고, 노력이 행운을 가져온다. 성공에 대해 이런 마음가짐과 태도를 갖는 것이 당신의 보람 있는 인생 코스를 밟는 지름길이다. 한동안 말들이 많았다. 좌절감이다 걱정거리다 하는 것들을 가슴 밖으로 발산해버리는 게 건강에 좋다고. 어느 한도까진 그럴 수도 있겠지만 지나치면 곤란하다. 최근 글을 하나 읽었는데 아무런 대책 없이 불평만 하는 건 육체적으로나 정신적으로나 해롭다는 거였다. 인터넷 시대가 도래해 블로그 등 각종 매체가 있어 사람들이 너무 많은 시간을 부정적인 데 소모하고 있는

데, 불균형이 강조되고, 이런 부정적인 포커스는 상황을 호전시키지 못한다. 어떤 문제에 대한 해결책을 생각해보기도 전에 그 문제에 빠져 허우적거리느라 진이 다 빠지지 않도록 할 일이다. 그러는 건 미친 짓이다. 긍정적이고 창의적으로 생각하고 관찰하기 위해서는 열정적인 정신력과 에너지가 있어야 한다. 부정적이 되기는 쉽고 안일하다. 당신 정신력의 포커스를 적극적인 해결책에 맞추라. 그러면 이런 네 정신상태가 네 행운을 창조할 것이다. You may have heard the saying 'Luck is when opportunity meets preparedness.' I agree. I've often heard people talking about so-and-so is so lucky as if to emphasize that they themselves are not lucky. I think what's really happening is the complainers aren't working themselves into luck. If you want to be lucky, prepare for something big. Sure, it might be more fun to watch movies, but unless you're going into the film industry, it's not the best use of your time. Developing your talents requires work, and work creates luck. Having this attitude toward success is a great way to set yourself on a rewarding course for your life. There was a lot of talk for a while about venting your frustrations and anxieties and how it might be healthy to get them off your chest. To a point, yes, but to an exaggerated degree, no. I read an article recently about how complaining without doing anything about it is actually detrimental to physical and mental well-being. With the advent of blogging and all the other sorts of opinion-gushing venues available to everyone now, people are spending way too much time harping on negative themes. The emphasis is out of balance, and the negative focus doesn't help the situation. Don't dwell so much on a problem that you've exhausted yourself before you can even entertain a solution. It just doesn't make sense. It takes brainpower and energy to think positively and creatively-and to see creatively and positively. Going negative is the easy way, the lazy way. Use your brainpower to focus on positives and solutions, and your own mind-set will help create your own luck."

이상과 같은 트럼프의 말은 토마스 에디슨의 말을 상기시킨다. "천재는 1%의 영감과 99%의 땀이다. Genius is one percent inspiration and ninety-nine percent perspiration." 동시에 미국의 신화종교학자 조셉 캠벨Joseph Campbell의 말이 떠오른다.

"아모르 파티amor fati란 니체의 사상이 있다. 직역하자면 네 운명을 사랑하라는 말이지만 실은 네 삶을 사랑하라는 말이다. 그의 말대로 네게 일어나는 단 한 가지 일이라도 부정하면 이에 얽힌 모든 일이 풀어지게 된다. 그뿐만 아니라 동화 수용될 사정과 상황이 도전적이고 위협적일수록 너를 큰 사람으로 만들어준다. 네가 용납하는 귀신은 네게 그의 마력을 넘겨주고, 삶의 고통이 클수록 그 보람도 큰 법이다. There is an important idea in Nietzsche of amor fati, the love of your fate, which is in fact your life. As he says, if you say no to a single factor in your life, you have unraveled the whole thing. Furthermore, the more challenging or threatening the situation or context to be assimilated and affirmed, the greater the stature of the person who can achieve it. The demon that you can swallow gives its power, and the greater life's pain, the greater life's reply."

영어 속담에 "아침에 일찍 일어나는 새가 벌레를 잡는다. The

early bird catches the worm"고 하지만 "일찍 일어난 벌레는 잡아먹힌다. The early worm gets eaten"는 사실도 명심할 일이다. 9.11 사태 때 일찍 출근한 사람들은 죽고 늦은 사람들은 살지 않았나. 어떻든 우리 '행운'과 '행복'에 관한 시 열 한 편 같이 음미해 보자.

행복의 얼굴

내게 행복이 온다면
나는 그에게 감사하고,
내게 불행이 와도
나는 또 그에게 감사한다.

한 번은 밖에서 오고
한 번은 안에서 오는 행복이다.
우리의 행복의 문은
밖에서 열리지만
안에서도 열리게 되어 있다.

내가 행복할 때
나는 오늘의 햇빛을 따스히 사랑하고
내가 불행할 때

나는 내일의 별들을 사랑한다.

이와 같이 내 생명의 숨결은
밖에서도 들여 쉬고
안에서도 내어 쉬게 되어 있다.

이와 같이 내 생명의 바다는
밀물이 되기도 하고
썰물이 되기도 하면서
끊임없이 끊임없이 출렁거린다.

-김현승

너무 많은 행복

행복이 너무 많아서 겁이 난다
사랑하는 동안
행복이 폭설처럼 쏟아져서 겁이 난다

강둑이 무너지고
물길이 하늘 끝닿은 홍수 속에서도

우리만 햇빛을 얻어 겁이 난다

겉으로 보아서는
아무것도 없는 너와 난데
사랑하는 동안에는
행복이 너무 많아 겁이 난다

-이생진

행복에게

어디엘 가면
그대를 만날까요.

누구를 만나면
그대를 보여줄까요.

내내 궁리하다
제가 찾기로 했습니다.

하루하루 살면서

부딪치는 모든 일

저무는 시간 속에
마음을 고요히 하고

갯벌에 숨어 있는
조개를 찾듯

두 눈을 크게 뜨고
그대를 찾기로 했습니다.

내가 발견해야만
빛나는 옷 차려입고

사뿐 날아올
나의 그대

내가 길들여야만
낯설지 않은 보석이 될
나의 그대를

-이해인

내 안에 있는 행복

새처럼
수줍은 그것은
소매를 붙잡으면
이내 날아가고 맙니다.

첫눈처럼
보드라운 그것은
움켜쥐면 사르르 녹고 맙니다.

그러나
바위처럼
단단한 그것은
돌아보면 언제나 그 자리에
서 있습니다.

내 안에 있는 행복,
찾으면 찾아지지 않고
놓아줄 때 비로소 보여집니다.

-홍수희

행복

나는 당신을 사랑하고 당신의 행복을 사랑합니다.

나는 온 세상 사람이 당신을 사랑하고

당신의 행복을 사랑하기를 바랍니다.

그러나 정말로 당신을 미워하는 사람이 있다면

나는 그 사람을 미워하겠습니다.

그 사람을 미워하는 것은 당신을

사랑하는 마음의 한 부분입니다.

그러므로 그 사람을 미워하는 고통도 나에게는 행복입니다.

만일 온 세상 사람이 당신을 사랑하지 않고

미워하지도 않는다면 그것은 나의 일생에

견딜 수 없는 불행입니다.

만일 온 세상 사람이 당신을 사랑하고자 하여

나를 미워한다면 나의 행복은 더 클 수 없습니다.

그것은 모든 사람이 나를 미워하는 원한의 두만강이

깊을수록 나의 당신을 사랑하는

행복의 백두산이 높아지는 까닭입니다.

-한용운

행복

사랑하는 것은
사랑을 받느니보다 행복하나니라
오늘도 나는
에메랄드빛 하늘이 환히 내다뵈는
우체국 창문 앞에 와서 너에게 편지를 쓴다.

행길을 향한 문으로 숱한 사람들이
제각기 한 가지씩 생각에 족한 얼굴로 와선
총총히 우표를 사고 전보지를 받고
먼 고향으로 또는 그리운 사람께로
슬프고 즐겁고 다정한 사연들을 보내나니

세상의 고달픈 바람결에 시달리고 나부끼어
더욱더 의지 삼고 피어 헝클어진 인정의 꽃밭에서
너와 나의 애틋한 연분도
한 망울 연연한 진홍빛 양귀비꽃인지도 모른다.

사랑하는 것은
사랑을 받느니보다 행복하나니라

오늘도 나는 너에게 편지를 쓰나니

그리운 이여, 그러면 안녕!

설령 이것이 이 세상 마지막 인사가 될지라도

사랑하였으므로 나는 진정 행복하였네라

-유치환

행복해 진다는 것

행복해진다는 것

인생의 주어진 의무는

다른 아무것도 없다네.

그저 행복 하라는 한 가지 의무뿐

우리는 행복하기 위해 세상에 왔지

그런데도

그 온갖 도덕

온갖 계명을 갖고서는

사람들은 그다지 행복하지 못하다네.

그것은 사람들 스스로 행복을 만들지 않는 까닭
인간은 선을 행하는 한
누구나 행복에 이르지

스스로 행복하고
마음속에서 조화를 찾는 한
그러니까 사랑을 하는 한

사랑은 유일한 가르침
세상이 우리에게 물려준 단 하나의 교훈이지
예수도 부처도 공자도 그렇게 가르쳤다네.

모든 인간에게 세상에서 한 가지 중요한 것은
그의 가장 깊은 곳
그의 영혼
그의 사랑하는 능력이라네.

보리죽을 떠먹든 맛있는 빵을 먹든
누더기를 걸치든 보석을 휘감든
사랑하는 능력이 살아 있는 한
세상은 순수한 영혼의 화음을 울렸고

언제나 좋은 세상
옳은 세상이었다네.

-헤르만 헤세

행복

행복을 추구하는 한 너는
행복할 만큼 성숙해 있지 않다.
가장 사랑스런 것들이 모두 너의 것일지라도
잃어버린 것을 애석해 하고
목표를 가지고 초조해 하는 한
평화가 어떤 것인지 너는 모른다.

모든 소망을 단념하고
목표와 욕망도 잊어버리고
행복을 입 밖에 내지 않을 때
그때 비로소 세상일의 물결은
네 마음을 괴롭히지 않고
네 영혼은 마침내 평화를 찾는다.

-헤르만 헤세

행복은

행복은 늘
우리 가까이에 있다
새벽을 깨우는
싱그러운 새소리
우리의 작은 집 작은 창문 사이로
은총처럼 밀려드는
한줄기 따뜻한 햇살로
행복은 우리 곁에 찾아온다.
행복은 언제나
우리 곁에 머물고 있다
아내가 정성으로 끓이는
구수한 된장찌개 내음
우리의 작은 집 작은 아이의
해맑은 웃음소리가 듣기 좋다는
남편의 순수한 마음으로
행복은 우리 곁에 살랑대고 있다.
행복은 어제나 오늘이나
우리 주변에 둥지를 틀고 있다
아내의 한결 변함없이

안개꽃 같은 화사한 모습

세월이 흘러도

마냥 포근하기만 한

남편의 팔베개로

행복은 우리의 작은 집에 살고 있다.

행복은 내일이나 모레나

우리 가까이 머물고 있다.

우리가 사랑하는 사람들

우리를 사랑하는 사람들

우리와 함께 웃음 짓는 사람들

우리와 함께 눈물 짓는 사람들의

소박한 인정과 마음 씀씀이로

행복은 우리의 작은 땅에

살아 숨 쉬고 있다

-정연복

네 잎 클로버

나는 해가 금과 같이 반짝이고

벚꽃이 눈처럼 활짝 피는 곳을 알지요

바로 그 밑에는 세상에서 제일 아름다운 곳

네 잎 클로버가 자라는 곳이 있지요

잎 하나는 희망을, 잎 하나는 믿음을,

그리고 또 잎 하나는 사랑을 뜻하잖아요.

하지만 하느님은 행운의 잎을 또 하나 만드셨어요.

열심히 찾으면 어디에서 자라는지 알 수 있지요.

하지만 희망을 갖고 믿음을 가져야 하지요.

사랑해야 하고 강해져야지요.

열심히 일하고 기다리면

네 잎 클로버 자라는 곳을 찾게 될 거예요

-엘라 하긴스

세 잎 클로버

어린 시절에

토끼풀 우거진 들판에서

행운의 네 잎 클로버를 찾으려고

애쓰던 추억이 있다

지천에 널린 세 잎 클로버 사이로

번쩍 눈에 띄는 네 잎 클로버는
눈부시게 황홀했지.

며칠 전, 어느 두툼한 책의 모퉁이에서
우연히 눈길이 닿은 한 구절이
벼락처럼 내 가슴을 내리쳤다.

네 잎 클로버의 꽃말은 행운이지만
세 잎 클로버의 꽃말은 행복입니다.

그래,
행운은 내게로 오지 않아도 좋으리
눈부신 행운을 꿈꾸지는 않으리

다만, 들판의 세 잎 클로버처럼
세상 곳곳에 숨어 있는
평범한 것들에서 생명의 기쁨을 느끼는
욕심 없는 마음 하나 가질 수 있기를!

가까운 날에 들판에 나가
세 잎 클로버들에게 사죄해야지

말없이 내 주변을 맴도는

소중한 너희들을 몰라봐서 정말 미안해.

-정연복

2016년도 노벨문학상 수상자로 발표된 10월 13일 이후로도 한동안 침묵을 지키던 밥 딜런이 영국언론과 가진 인터뷰에서 한 다음과 같은 말을 우리 모두 함께 음미해보자.

"할 가치가 있는 모든 일은 시간이 걸린다. 좋은 노래 한 곡을 짓기 전에 백 개의 그렇지 못한 노래를 지어봐야 한다. 그리고 네가 준비와 각오가 되어 있지 못한 많은 것들을 포기해야 한다. 싫든 좋든 간에 너 혼자 감당하고 너의 별을 찾아 따라가야 한다. Everything worth doing takes time. You have to write a hundred bad songs before you write one good one. And you have to sacrifice a lot of things that you might not be prepared for. Like it or not, you are in this alone and have to follow your own star."

이 얼마나 기막힐 기적의 행운인가

독일 철학자 아서 쇼펜하우어Arthur Schopenhauer (1788–1860)가 그의 '삶의 지혜The Wisdom of Life'에서 하는 다음과 같은 말을 우리 곱새겨보자.

"옛날 선인先人이 진실로 말하기를 세상에 세 가지 큰 세력이 있다. 슬기와 힘과 운인데 내 생각에는 그 중에서 운의 영향력이 제일 크고 유효하다. 한 사람의 삶은 배를 타고 항해하는 것과 같아 운이란 바람에 따라 배가 빨리 가기도 하고 길을 잃기도 한다. 사람이 할 수 있는 일이란 별로 없다. 열심히 계속해서 노를 저으면 항해에 좀 도움이 되겠지만 갑자기 돌풍이라도 불게 되면 노 젓기는 헛수고가 되고 만다. 그러나 순풍을 만나게 되면 노를 저을 필요도 없이 순항을 하게 된다. 운의 위력이 스페인의 한 속담에 잘 표현되어 있다. 네 아들에게 행운을 주고 바닷물에 던져버리라. 하지만 일컫노니 이 찬스 우연이란 아주 고약한 놈이라서 믿을 게 못 된다. 그래도 우리에게 빚진 것도 없고 또 우리가 받을 권리나 자격은 없지만 어디까지나 일방적으로 주는 선심과 은총에서 선물로 주겠다면 이런 은혜를 찬스 말고 그 누가 우리에게 우연히 베풀 수 있겠는가? 다만 우린 언제나 겸허히 기쁘게 이를 받을 희망을 품을 뿐이다. 누구나 시행착오의 미로를 통해 한 평생을 살아온 삶을 돌이켜 보면 지나치게 부당한 자책을 하기 보단 여러 시점에서 행운을 놓치고 불행을 맞은 사실을 발견하게 된다. 왜냐 할 것 같으면 한 사람의 인생살이가 전적으로 자신의 소관사항이 아닌 두 가지 요인의 산물인 까닭에서다. 일어난 일련의 사태와 이를 어떻게 자신이 처리해왔는가로 이 둘이 항상 상호작용하면서 서로를 수정해왔기 때문이다. An ancient writer says, very truly, that there are three great powers in the world: sagacity, strength, and luck. I think the last is the most efficacious. A man's life is like the voyage of a ship, where luck acts the part of the wind and speeds the vessel on it sway or drives it far out of its course. All that the man can do for himself is of little avail ; like the rudder, which if worked hard and continuously may help in the navigation of the ship ; and yet all may be lost again by a sudden squall. But if the wind is only in the right quarter, the ship will sail on so as not to need any steering. The power of luck is nowhere better expressed than in a certain Spanish proverb : give your son luck and throw him into the sea. Still, chance, it may be said, is a malignant power, and as little as possible should be left to its agency. And yet where is there any giver who, in dispensing gifts, tells us quite clearly that we have no right to them, and that we owe them not to any merit on our part, but wholly to the goodness and grace of the giver-at the same time allowing us to cherish the joyful hope of receiving, in all humility, further undeserved gifts from the same hands-where is there any giver like that, unless it be Chance, who understands the kingly art of showing the recipient that all merit is powerless and unavailing against the royal grace and favor? On looking back over the course of his life-that labyrinthine way of error-a man must see many points where luck failed him and misfortune came; and than it is easy to carry self-reproach to an unjust excess. For the course of a man's life is in no way entirely of his own making; it is the product of two factors-the series of things that happened, and his own resolves in regard to them, and these two are constantly interacting upon and modifying each other."

이상의 말을 한 구절로 줄인다면 '운에 맡기기the trusting to luck'가 되고 우리말로는 진인사대천명盡人事待天命이 되리라. 하지만 우리가 시도하고 도모하는 일이 성사가 되든 안 되든, 그 결과가 어떻든 상관없이 모두가 다 남는 장사가 아니겠는가? 우리 생각 좀 해보면 이 얼마나 기막힐 기적 이상의 행운인가! 우리가 이 세상에 태어나 삶을 살아본다는 것은 축복 중의 축복이다. 우리 각자 두뇌 속에 하늘의 수많은 별들만큼의 신경 세포인 '뉴론들neurons'이 있다고 하지 않는가 말이다. 우리가 태어나지 않았으면 해보지 못했을 일들도 하늘의 별만큼 많지 않은가.

기어도 보고, 걸어도 보고, 뛰어도 보고, 날아도 보고,
세상의 온갖 아름다운 풀, 꽃, 산과 들, 강과 바다도 보고,
갖가지 시고 맵고 짜고 달고 맛있는 음식도 실컷 먹어 보고,
새소리, 빗소리, 바람 소리, 천둥소리, 자연의 소리 들어보고,
가슴에서 샘솟는 시와 노래 지어 읊고 부르기도 듣기도 해보고,
기쁨과 아픔과 슬픔의 사랑도, 그 좋은 섹스도 할 만큼 해보고,
영고성쇠榮枯盛衰의 파란만장波瀾萬丈한 삶을 살아본다는 것.
그리고 끝으로 죽어도 본다는 것, 이 모든 것이 우리 각자 모두
무지개 배를 타고 망망대해茫茫大海 코스모스바다로 황홀하게
항해해 본다는 게 이 얼마나 기차도록 기막힐 기적의 행운인가

이처럼 우리 삶이 우주항해이고 우주여행이며 우주놀이라면 우리가 어떻게 이런 놀이를 더 좀 신나고 재미있게 해볼 수 있을까? 길잡이로 옛날이야기 하나 해보리라. 유방을 도와 중국 한나라를 건국한 장량의 이야기다.

진시황은 중국을 제패하여 통일제국을 이룩했다. 멸망한 나라의 무관 귀족 출신이었든 젊은 장량은 진시황을 암살할 계획을 가지고 과거 자기

나라의 재건을 도모한다. 한때 장량은 진시황의 마차를 습격하였으나 실패하고 쫓기는 신세가 되어 자신의 신분을 감추며 떠돌이 생활을 하던 중, 한 시골에서 다리에 걸터 앉아있는 노인을 만난다. 노인은 장량 보고 신발이 다리 아래로 떨어졌으니 주워달란다. 장량이 힘들게 다리 아래로 내려가 신발을 주워오자 노인은 이제 신발을 신겨 달란다. 신발을 신겨주자 노인은 신겨준 신발을 다리 아래로 떨어뜨리고는 다시 주워오란다. 반복되는 노인 부탁에 장량은 화가 났지만 여러 번이나 참으며 노인의 신발을 주워오자, 노인은 선물을 줄 테니 다음날 보자고 했다.

다음날 장량이 다리에 나오자 노인이 버럭 화를 낸다. 젊은 놈이 노인보다 미리 나와 있어야지 하면서 내일 다시 오라 한다. 다음날 다시 일찍 그 다리에 가보니, 노인이 또 먼저 와 있었다. 다시 늦게 왔다고 야단치며 다음날 다시 나오라고 한다. 장량은 그날 아예 집에 가지 않고 그 다리에서 밤을 새고 기다렸다. 그러나 다음날 해가 지도록 노인이 나타나지 않아 떠나려고 일어설 즈음 나타난 노인이 책 한 권을 건네주면서 "천하통일을 하려면 이걸 미리 꼭 읽고 준비하라" 말하고는 사라진다. 장량은 자신의 마음을 읽은 노인의 독심술에 감탄하며 이 책을 수도 없이 여러 번 읽고 또 읽은 후 유방과 한신을 만나 함께 한나라를 건국하게 된다. 노인이 장량에게 건네준 책이 바로 '소서素書'라는 비서秘書로 정신수양과 지혜에 관한 중국 고서 중 하나이다. 이 소서를 탐독한 장량은 물고기를 잡기 전에 먼저 그물을 짰다고 한다.

원불교 창시자 소태산 대종사는 "일이 없을 때에는 항상 일 있을 때에 할 것을 준비하고 일이 있을 때에는 항상 일 없을 때의 심경을 가질지니, 만일 일 없을 때 일 있을 때의 준비가 없으면 일을 당하여 창황전도蒼惶顚倒함을 면하지 못할 것이요, 일 있을 때에 일 없을 때의 심경을 가지지 못한다면 마침내 판국에 얽매인 사람이 되고 마나니라"고 말했다 한다. 전해오는 이야기로 히말라야 설산에는 야명조夜鳴鳥라는 새가 있는데 '밤에만 집을 짓겠다고 우는 새'라는 뜻에서 붙여진 이름이란다. 이 새는 몸집이 크고 추위를 잘 타는데 밤이면 추워 울면서 내일 날이 밝으면 집을 짓겠다고 결심하지만 아침이 되어 기온이 따뜻해지면 놀러 다니다가 밤이 되면 다시 내일은 반드시 꼭 둥지를 지어야지하며 다시 결심하면서 운다고 한다.

아는 만큼 보이고 보이는 만큼 알게 된다지만, 우리 각자는 각자대로 자신의 삶을 사랑하고 사는 만큼 사는 것이리다. 끝으로 우리 독일계 미국 시인 찰스 부코우스키 (1920-1994)의 시 한 편 음미해보자.

무리의 천재성

인간에겐 언제나

군대가 필요로 하는

배반과 증오와 폭력과 부조리가 있지

살인을 제일 많이 하는 건 살인하지 말라고 설교하는 자들이고

제일 심하게 미워하는 건 가장 큰 목소리로 사랑을 외치는 자들이며

전쟁을 제일 잘하는 건 평화를 주창하는 자들이지

신神을 전파하는 자들이야말로 신이 필요하고

평화를 부르짖는 자들이야말로 평화를 모르며

평화를 부르짖는 자들이야말로 사랑을 모르지

경계하라 설교하는 자들을

경계하라 안다는 자들을

경계하라 늘 독서하는 자들을

경계하라 빈곤을 싫어하거나 자랑스러워하는 자들을

경계하라 칭찬을 받으려고 먼저 칭찬하는 자들을

경계하라 제가 모르는 게 두려워서 남 비난하는 자들을

경계하라 혼자서는 아무 것도 아니기에 세상 무리를 찾는 자들을

경계하라 보통 남자와 보통 여자를

경계하라 그들의 사랑을

그들의 사랑은 보통이기에 보통을 찾지

그러나 그들의 증오엔 천재성이 있어

널 죽이고 아무라도 죽일 수가 있지

고독을 원하지도 이해하지도 못해

자신들과 다른 것은 뭣이든 다 파괴하려는 자들을

예술을 창조할 수 없어 예술을 이해할 수 없는 그들은

제 잘못이 아니고 모든 게 세상 탓이고

제 사랑이 부족한 건 깨닫지 못한 채

네 사랑이 불충분하다고 믿으면서

널 미워하다 못해 그들의 미움이 완전해 지지

빛나는 다이아몬드 같이

칼날 같이

산 같이

호랑이 같이

독초 같이

그들 최상의 예술이지

The Genius Of The Crowd

there is enough treachery, hatred violence absurdity

in the average

human being to supply any given army on any given day

and the best at murder are those who preach against it

and the best at hate are those who preach love

and the best at war finally are those who preach peace

those who preach god, need god

those who preach peace do not have peace

those who preach peace do not have love

beware the preachers

beware the knowers

beware those who are always reading books

beware those who either detest poverty

or are proud of it

beware those quick to praise

for they need praise in return

beware those who are quick to censor

they are afraid of what they do not know

beware those who seek constant crowds for

they are nothing alone

beware the average man the average woman

beware their love, their love is average

seeks average

but there is genius in their hatred

there is enough genius in their hatred to kill you

to kill anybody

not wanting solitude

not understanding solitude

they will attempt to destroy anything

that differs from their own

not being able to create art

they will not understand art

they will consider their failure as creators

only as a failure of the world

not being able to love fully

they will believe your love incomplete

and then they will hate you

and their hatred will be perfect

like a shining diamond

like a knife

like a mountain

like a tiger

like hemlock

their finest art

이 시를 두 개의 사자성어로 줄인다면 인자견인仁者見仁 지자견지知者見知라고 할 수 있을 것이다. 아니 우리 삶의 궁극을 네 글자로 줄인다면 '수수께끼'라고 해야 하지 않을까. 미국 시인 '리타 다브Rita Dove'의 시구처럼 "이상하게 느끼면 이상한 일이 생기리. If you feel strange, strange things will happen to you." 우리가 우리 가슴 뛰는 대로 사노라면 언제나 온갖 이상하고 별스럽게 기적 같은 아니 기적 이상의 일이 일어날 것이다.

닫는 글 • 死 사가 아닌 생의 찬미 生

한국은 세계에서 고령화가 가장 빠른 속도로 진행되고 있는 나라란다. 그래서인지 웰빙이니 웰다잉이니 하는 말들이 많이 회자되고 있지만 잘 죽기 위해선 먼저 잘 살아야 할 일 아닌가. 그럼 잘 살기 위해선 무엇보다 먼저 언제 어디서든 닥칠 죽음을 항상 의식하면서 삶에 집착하지 않는 것이리라. 잘 알려진 '장자'의 '외편'에 나오는 얘기가 있다. 사람들이 활쏘기를 하는데 질그릇을 걸고 내기를 하니까 다들 잘 맞추더니 다음엔 값이 좀 더 나가는 띠쇠를 걸자 명중률이 떨어지다가 마지막으로 황금을 걸자 화살들이 모두 빗나가더란 일화 말이다.

'다음 날, 아무도 죽지 않았다'로 시작되는 장편소설 '죽음의 중지Death with Interruptions'의 첫 장면이다. 1998년도 노벨문학상을 받은 포르트갈 작가 '주제 사라마구Jose' Saramago (1922–2010)가 쓴 소설이다. 선견지명이 있었던 것일까, 작가는 노화는 진행되지만 아무도 죽지 않는 나라에서 벌어지는 혼란과 갈등을 그리는데, 죽고 싶어도 죽을 수 없게 된 세상은 천국이 아닌 지옥임을 사실적으로 실감나게 묘사하고 있다. 일제 강점기 한국의 대표적인 근대 작가 이상이 그랬듯이 1960 – 1970년대의 미국을 겁 없이 제 멋대로 살았던 저항운동가요 반항아였던 애버트 호프만Abbott Hoffman이 수면제 과다복용으로 숨지자 그와 가까웠던 친구들은 그가 나이 든 자신이 싫고, 활력을 잃어버린 청년세대가 못마땅했으며, 보수로 회귀한 80년대를 살아내기 힘들어 세상을 일찍 하직했을 거라고 했다.

동료 문인이자 친구인 박태원은 이상에 대해서 "그는 그렇게 계집을 사랑하고 술을 사랑하고 벗을 사랑하고 또 문학을 사랑하였으면서도 그것의 절반도 제 몸을 사랑하지 않았다. 이상의 이번 죽음은 병사에 빌었을 뿐이지 그 본질에 있어서는 역시 일종의 자살이 아니었던가. 그러한 의혹이 농후하여진다."고 했다지 않나. 모차르트가 1787년 4월 22일 그의 나이 서른한 살 때 그의 아버지에게 쓴 편지를 우리 한 번 같이 읽어보자. 이 편지글은 1864년 출간된 루드빅 놀의 볼프강 아마데우스 모차르트 서한집 221면에서 옮겼다.

"지난 번 편지에 안녕하신 줄 알고 있었는데 편찮으시단 소식을 듣는 이 순간 몹시 놀라고 걱정됩니다. 제가 언제나 최악의 사태를 예상하는 버릇이 있지만 이번만은 어서 빨리 아버지께서 쾌차하시다는 보고를 받게 되기를 간절히 바라고 희망합니다. 그렇지만 잘 좀 생각해 볼 때 죽음은 우리 삶의 참된 행선지임으로 저는 진작부터 우리 인간이 믿을 수 있는 이 좋은 친구와 친하게 지내왔기 때문에 죽음이란 이미지가 놀랍고 무섭지가 않을 뿐만 아니라 되레 가장 평화롭고 위안이 되며, 나는 행복과(제 말을 이해하시지요) 이 죽음이야말로 우리가 느낄 수 있는 우리의 진정한 지복감至福感의 열쇠임을 깨달아 알 수 있는 기회를 나에게 허락해주신 나의 하늘 아버지께 감사해 왔다는 말입니다. 내가 아직 젊지만 밤마다 잠자리에 들면서 생각 안 하는 때가 없답니다. 내일 새벽이 밝기 전에 나라는 사람은 더 이상 이 세상에 존재하지 않게 될는지 모른다는 사실을요. 그런데도 나를 아는 아무도 나와 접촉해 사귀면서 내가 한 번도 침울해 한 적이 있더라고 말 할 사람이 단 한 사람도 없지요. 이처럼 내가 밝고 명랑하게 행복한 성정을 갖게 된 데 대해 나는 날마다 저의 창조신 조물주께 감사 하면서 나와 같이 모든 피조물들이 나처럼 늘 행복하게 삶을 즐기기를 진심으로 바랍니다. I have this moment heard tidings which distress me exceedingly, and the more so that your last letter led me to suppose you were so well; but I now hear you are really ill. I need not say how anxiously I shall long for a better report of you to comfort me, and I do hope to receive it, though I am always prone to anticipate the worst. As death (when closely considered) is the true goal of our life, I have made myself so thoroughly acquainted with this good and faithful friend of man, that not only has its image no longer anything alarming to me, but rather something most peaceful and consolatory; and I thank my heavenly Father that He has vouchsafed to grant me the happiness, and has given me the opportunity, (you understand me) to learn that it is the key to our true Felicity. I never lie down at night without thinking that (young as I am) I may be no more before the next morning dawns. And yet not one of all those who know me can say that I ever was morose or melancholy in my intercourse with them. I daily thank my Creator for such a happy frame of mind, and wish from my heart that every one of my fellow-creatures may enjoy the same.

예수도 "마음이 가난한 자가 복되다. 하늘나라가 그의 것이다"라고 말했고, 이순신 장군의 "생즉사生則死 사즉생死則生 필사즉생必死則生 필생즉사必生則死"도 있지 않는가. 우리 상상 좀 해보자. 죽지 않고 영원히 산다고, 늙지 않고 영원히 젊다고, 그러면 사는 것도, 젊은 것도 아니리라. 그래서 미국의 시인 월트 휘트만Walt Whitman도 그의 시 '나 자신의 노래Song of Myself'에서 이렇게 읊었으리. "죽는다는 것은 그 어느 누가 생각했던 것과도 다르고 더 다행스런 일이리라. To die is different from anyone supposed, and luckier." 그리고 스코틀랜드의 극작가 제임스 매튜 배리Sir James Matthew Barrie도 그의 작품 '피터 팬Peter Pan'에서 '죽는다는 건 엄청 큰 모험To die will be an awfully big adventure.'이라고 했으리라. 그러니 우리도 모차르트 같이 죽음까지 사랑할 수 있어야 진정으로 삶을 사랑할 수 있게 되리라.

덧붙임1 ● 개-돼지와 개나리

어느 날 아침 일어났더니 유명한 사람이 돼 있더라는 말이 있다. 그런데 이런 일이 실제로 일어났다. 한국 교육부 고위 나리께서 "99% 민중은 개-돼지로 보고 먹고 살게만 해주면 된다."는 막말로 모든 국민이 어느 날 일어나 보니 하루아침에 개-돼지가 되어 버린 사건 말이다. 안국선의 풍자 소설 '금수회의록'에는 여덟 마리의 동물이 나온다. 효성이 지극한 까마귀는 인간의 불효를 규탄하고, 호가호위狐假虎威로 비난 받는 여우는 인간들이 오히려 밖의 세력을 빌려 제 동포를 핍박한다고 비난했다. 우물 속에만 있어 뭘 모른다고 조롱받던 개구리는 세상물정을 알지 못하는 건 자기가 아니라 인간들이라고 규탄했고, 벌은 구밀복검口蜜腹劍 (입에는 꿀이 있고 배 속에는 칼이 있다는 뜻으로, 말로는 친한 듯 하나 속으로는 해칠 생각이 있다는 의미)이란 말도 안 되며 인간들이야말로 겉과 속이 다르다고 비판했다. 그리고 게는 사람들이 자기를 보고 내장도 없는 것이라고 비하 하지만 되레 인간들의 창자는 마구 집어 삼켜 냄새가 난다고 풍자했다. 이어 파리는 인간이란 골육상쟁을 일삼는 소인들이라고 매도하고, 호랑이는 탐관오리가 더 험악하고 흉포하다고 일갈했다. 마지막으로 나선 원앙은 인간들의 문란한 부부윤리를 규탄했다.

사람들은 흔히 남을 비하하거나 욕을 할 때면 이처럼 동물들을 빗대어 말한다. 그러나 위에서 보듯 동물들은 오히려 인간의 추악함과 가면에 치를 떤다. 특히 동물 중에도 개를 많이 등장시킨다. '개살구'가 그렇고 '개판'이 그러하며 '개수작' 등이 그렇다. 다행히도 개나리만은 예외지만 힘없는 민중들에겐 큰 힘이 된다. 귀하신 나리 관료들에게 '나리, 나리, 개나리'라고 욕할 수 있으니까. 돼지는 또 어떤가. 사실 돼지는 인간이 그렇게 만들었을 뿐 제일 깨끗하고 신령 있는 동물로 알려져 있다. 한데도 돼지우리 같다고 빗대거나 우리가 잘 아는 이솝우화대로 어리석다고 얕본다. 그러나 사실 개는 귀족이며 돼지는 신성한 동물이다. 개는 동물 중 유일하게 작위가 붙어 견공犬公이라 불리고, 돼지는 고사 상에 올라 앉아 우리의 절을 받질 않는가. 그런데 우스운 건 막말의 주인공 나리께선 자신도 99% 민중에서 벗어나기 위해 열심이라고 한 말이다. 가람 이병기 시인은 '때론 사람이 개보다 못할 수도 있다'는 문구를 서재에 걸어놨다고 한다. 인간들이 서로에게 '개새끼'라 욕하듯 개들은 저들 사이에서 '사람새끼'라고 한다는 말이 그저 지어낸 말은 아니었나 보다.

– 김학천(수필가, 치과의사–2016년 7월 29일자 미주판 중앙일보 '열린 광장' 칼럼에 실린 글)

덧붙임2 ● 네 잎 클로버

틀리다 손가락질 하면 어쩌나 했습니다.

웬일일까, 풀밭을 종일토록 더듬는 손

책갈피 사이사이로 고이 끼워 놓습니다.

장애다 비장애다 경계선이 어딘가요

사랑 받기 위해 하트 하나 끼워 놓고

숨어서 지킨답니다. 행운이란 두 글자

중앙일보 시조 백일장에서 장원에 뽑힌 고봉선 씨의 시조를 심사위원인 박권숙, 염창권 씨는 다음과 같이 평했다고 한다.

시조 장르에 대한 올곧은 확신을 개성적인 자기 목소리로 풀어내는 작품들 중에서도 고봉선의 '네 잎 클로버'는 장원에 오르는 데 손색이 없었다. '네 잎 클로버'의 육화된 눈을 통해 우리 사회에 만연한 배타주의의 편협한 경계를 허물고 화합과 배려의 열린 마음을 일깨운다. 세 잎과 네 잎의 차이에서 '틀리다 손가락질' '장애다 비장애다'라는 소외와 차별을 읽어내며, '풀밭을 더듬는, 책갈피 사이사이로 고이 끼워 놓는, 손을 통해 사랑 받기 위해 하트 하나 끼워 놓고 행운을 숨어서 지킨다.'고 풀어냈다. 서로 배타적인 계층 간의 상생을 가슴 뭉클한 감동으로 형상화한다. '네 잎 클로버'라는 낭만적 소재로 활용한 독특한 발상은 강렬한 여운을 남긴다.

덧붙임3 • 어느 80대의 일기장– 산자와 사자死者의 대화

요즘 한국에선 '영매', '사이에서' 같은 다큐 영화들이 큰 인기를 끌면서 우리의 전통적인 무속 신앙인 '굿'이 민족 종교의 하나로 새로이 조명을 받고 있다. 죽은 사람의 혼을 불러오고 이를 산 사람들과 영적으로 매개靈媒시키는 역할을 한다는 '굿'과 '무당'에 영향을 받아서인지 또 다른 한편으론 '가상 : 산자와 사자死者의 대화' 같은 형식의 글들이 크게 유행이라고 한다. 그 대화의 상대방이 죽은 사자이니 물론 육신은 없을 테고 소위 일컫는 영혼일 텐데, 불가지론자로서는 몸 안 영혼도 아닌 몸 밖 영혼에 대해선 그 존재 및 존속에 대해 극히 회의적인데, 여기선 이를 일단 덮어두고 짐짓 선무당이 되어 '가상 :

산자와 사자의 대화'를 내 나름대로 한 번 엮어 보기로 한다.

산자 : 지금 어디 계십니까? 천당입니까? 지옥입니까?

사자 : 천당도 지옥도 아닌 연옥煉獄입니다. 이승에 있을 때 행한 선행, 악행이 아직 판가름이 나지 않아 이곳에 있습니다.

산자 : 그러면 언제 천당으로 올라갑니까?

사자 : 모르겠습니다. 여기서 정화하는 불purgatorias ignis로 악행의 죄를 모두 씻어내야 하는데 그것이 가능할지, 아니면 영구히 여기에 머물게 될지 모릅니다.

산자 : 이승을 뜨실 때 연세가 80전 후, 그 때의 심정이 어떠했습니까?

사자 : 물론 더 살고 싶었지요. 그러나 할 일없이 밥벌레 노릇, 지겹기도 했고요.

산자 : 돌아가실 때 사체(장기)를 연구 기관에 기증하셨지요. 많은 사람들이 생각은 하면서도 쉽사리 용단을 내리지 못하는 일을 하셨지요.

사자 : 사회를 위해 한 일이 하나도 없고 살아남은 사람들에게 귀찮음을 덜어주려고 오랫동안 고민 끝에 용단을 내렸지요. 지금 생각하면 잘한 결정이었어요. 어차피 한 줌의 재가 될 몸뚱이인데 그렇게라도…….

산자 : 그래. 그 곳에서 돌이켜보면 여기 이승에서 산 일생, 어떻게 생

각 되십니까?

사자 : 나의 자유의지 아닌 어떤 우연으로 그 땅에서 받은 삶, 나로선 그 때 그 때 최선을 다해 살았으니 행이나 불행을 불문하고 별 후회는 없습니다.

산자 : 머지않아 죽음을 맞이할 이곳 연로한 사람들이 가장 무서워하고 두려워하는 것이 죽음 그 자체보다 죽어가는 과정에서 겪을 육체적 정신적 고통인데…….

사자 : 참으로 힘들고 고통스러웠습니다. 오죽해야 죽음의 고통이라 합니까? 그래서 지금 여기 있는 사람들이 공동 연명連名으로 상제上帝님께 탄원서를 올리려 준비하고 있습니다.

산자 : 어떤 탄원서를?

사자 : 선행을 한 사람은 죽을 때 고통이 없게 악행을 한 사람은 고통스럽게 해달라는 것이지요. 이것이 진정 천당과 지옥의 개념이 아닌가요.

산자 : 아주 좋은 아이디어입니다. 그래, 다시 이 세상에 오고 싶지는 않습니까?

사자 : 그 땅에서의 삶, 한번이면 족한 것 같습니다. 이제 나 혼자 그 땅에 가봐야 가족도 일가친척도 없는 외톨박이, 아는 사람 하나 없는 세상은 확 바뀌어 있을 테고 마치 지구에 온 외계인 같을 텐데 어떻게 살 수 있을까요?

산자 : 마지막으로 이 곳 산자들에게 하고 싶은 말씀은?

사자 : 짧다면 짧고 길다면 긴 일생, 그것이 정신적이든 물질적이든 즐겁게 사십시오. 그리고 가능한 한 착한 일을 많이 하십시오. 나 같이 이렇게 연옥에 오래 머무르지 않고 곧장 천당으로 올라갈 수 있도록 말입니다.

미국인들 20%가 산자와 죽은자가 대화할 수 있다고 믿는다.
Talking to the Dead" by L. Marcus and L. Schneider

무릇 산자는 그들이 죽을 줄을 알되, 죽은 자는 아무 것도 모르니라. The living know that they will die, but the dead know nothing. —전도서 9:5

모든 인간은 다 썩어 없어질 것이며, 사람은 진토로 돌아가리라. All mankind would perish together and man would return to the dust. —욥기 34:15

(2016년 7월 30일자 미주판 중앙일보 '글마당'에 실린 언론인 장동만 씨의 글)

덧붙임4 ●

'라과디아' 판사의 마음

한국의 공직 사회 특히 사법부의 고질화된 비리가 물의를 빚고 있는 요즘 세태에 하나의 사표師表로 오늘 친구 권영일 씨로부터 전달받은 다음과 같은 글을 독자들과 나누고 싶어 옮긴다.

라과디아 판사의 마음

어떤 노인이 빵을 훔쳐 먹다가 재판을 받게 되었습니다. 판사는 노인에게 "왜 빵을 훔쳐 먹었습니까?"라고 물었습니다. 노인은 대답하기를 "사흘을 굶었습니다. 그러다 보니 그때부터 아무 것도 눈에 안보였습니다."라고 대답을 했습니다. 판사는 이 대답을 듣고 한참을 고민하더니 이런 판결을 내렸습니다. "당신이 빵을 훔친 절도 행위는 벌금 10달러에 해당됩니다." 판사의 판단에 방청석은 술렁이기 시작했습니다. 그때, 판사가 자신의 지갑에서 10달러를 꺼내며 말했습니다. "그 벌금은 내가 대신 내겠습니다. 내가 그 벌금을 내는 이유는 그 동안 내가 좋은 음식을 많이 먹은 죄에 대한 벌금입니다. 나는 그 동안 좋은 음식을 너무나 많이 먹었습니다. 오늘 이 노인 앞에서 참회하면서 그 벌금을 대신 내도록 하겠습니다." 이어 판사는 방청석을 향해서, "이 노인이 밖에 나가서 다시 빵을 훔치는 일이 일어나지 않도록 뜻이 계신 분들도 스스로에게 벌금을 내십시오."라고 했다. 자율적으로 사람들은 벌금을 냈고, 그 모금 액이 무려 47만 달러나 되었습니다. 이 재판으로 그 판사는 유명해져서 나중에 뉴욕의 시장까지 역임을 하게 되었는데 그 사람이 바로 '라과디아' 판사라고 합니다. 후에 라과디아Fiorello La Guardia의 훌륭한 덕행을 기념해서 뉴욕에 라과디아 공항이 생겨나기도 했습니다.

이야말로 공자의 주된 사상인 인의예지신仁義禮智信의 표본으로 법유식法有識을 무색하게 하는 인유식人有識의 실례가 되리라.

덧붙임5 • 남한과 북한의 선택A

너무도 절실하고 절박한 남한과 북한의 통일에 관한 우리 모두의 발상의 전환을 위해 2016년 10월 1일자 미주판 한국일보 '발언대'에 '남한과 북한의 선택'이라는 김대원 자유기고가의 글을 옮겨본다.

지금 한반도는 마치 전쟁을 향해서 한 발짝 한 발짝 다가가고 있는 듯 불길한 느낌이 든다. 최근 북한은 미국본토를 공격할 수 있는 ICBM에 필수적인 새로운 로켓엔진 실험에 성공했다고 발표했으며 미국은 B-1B 폭격기를 포함한 전략폭격기 부대를 한반도에 급파한다고 발표했다. 정면 대결국면으로 치

닫고 있는 것이다. 우리 민족의 갈등을 우리끼리 풀어나갈 수 없는 어처구니없는 현실을 타개할 묘안은 없는 것일까. 미국은 20년 전부터 북한정권은 곧 붕괴할 것이라는 지나친 환상에 빠져 진실성이 결여된 북미관계의 명맥을 유지해왔다. 미국의 행동하는 지성인 노암 촘스키는 "워싱턴은 전략적이고 경제적인 이익이 있을 때에만 민주주의를 지지해왔다"고 신랄하게 비난한다. 그리스의 역사가인 투키디데스는 "강자는 원하는 대로 행동하고 약자는 무작정 당하는 수밖에 없다"고 했지만 북핵문제에 있어서는 남한과 북한이 강자의 입장이란 사실을 남한의 정치지도자들이 깨달아야 한다. 한반도 평화정착과 비핵화 그리고 통일의 주체는 미국도 중국도 아닌 남과 북이라는 사실이다. 우리 민족의 염원인 통일을 위해 남한이 선택해야 할 방향을 제시해보고자 한다.

첫째, 박근혜 대통령은 하루 속히 북한으로 가서 김정은을 만나 남북관계에 신뢰를 회복해야 한다. 강자의 관용을 보여주어야 할 게 아닌가. 그에게 우선 체제전복에 대한 우려를 불식시켜 주어야 한다.

둘째, 미국과 같이 하나의 나라 두 개의 연방제를 제시해야 한다. 남북이 함께 평화롭게 살려면 달리 방법이 없지 않은가?

셋째, 4개 주변 국가들을 설득해서 남북 어느 쪽도 일방적으로 침략을 부추기거나 군사적 지원을 하지 않고 중립을 지킨다는 불가침 상호안전보장을 위한 협약을 조인해야 한다.

넷째, 미국과 북한은 즉시 정전협정을 평화협정으로 전환하고 미군은 한반도에서 철수한다는 빅딜을 성사시킬 수 있어야 한다. 그게 바로 외교술이 아니겠는가?

다섯째, 중국의 심기를 불편하게 하는 사드는 배치하지 않는다. 한국은 중국이 21세기 동북아시아 주도 하에 세계의 미래를 함께 만들어 가야 할 동반자라는 걸 명심해야 한다. 한국은 중국을 상대로 사상 최대의 무역흑자를 내고 있으면서 중국은 위험한 나라라는 편견은 시대착오적인 생각임을 자각해야 한다.

여섯째, 남한은 북한의 엄청난 지하자원의 개발 등 경제개발을 통일비용으로 생각하고 지원해야 한다. 매년 무기구입에 천문학적 비용을 낭비할 게 아니라 북한이 경제적으로 안정되도록 돕는다. 우리와 함께 민족의 장래를 개척해야 할 형제가 아닌가.

'키신저의 중국 이야기'를 보면 한국에 대한 이야기가 많이 나온다. 키신저는 "한국은 국내정치의 좁은 시야에서 하루 빨리 벗어나 세계 외교의 실상을 똑바로 보라"고 충고한다. 한반도가 핵전쟁으로 한강의 기적을 잿더미로 만들고 역사의 뒤안길로 사라질 것인가 아니면 함께 공존할 것인가. 6 · 25가 발발하기 직전까지도 남한의 정치지도자 누구도 사태의 심각성을 감지하지 못했다고 한다. 선택은 우리의 것이다. 그러나 시간은 언제까지나 영원히 우리의 편이 되어주지는 않을 것이다.

덧붙임5 • 남한이란 나라의 자존심B

2016년 12월 12일자 미주판 한국일보에 실린 미국 페이스 대 이종열 석좌교수의 '시론'을 옮겨본다.

UPI 보도를 보면 남한군사력은 세계 11위라고 평가되고 무기와 자연자원, 산업발전 정도, 지정학적인 고려를 할 때 남한은 북한군사력의 40배를 갖고 있고, GDP 2조 달러는 사이즈로 400억 달러 수준밖에 안 되는 북한에 비할 바가 아니라는 현실평가가 있다. 국방비 지출도 남한이 8조 달러로 260억 달러 쓰는 북한의 300배 정도 된다고 통계가 나와 있다. 그런데 지난 70년 동안 한국의 국방정책을 하는 이들은 무엇을 했는

가. 이제 형편없는 약소국도 아니고, 지금은 사실 연간 세수입만 하더라도 3,000억 달러 정도로 30억 달러의 북한을 압도한다. 그동안 국방예산으로 쓴 천문학적인 돈들은 전부 어디에 갔는가. 아직도 미군주둔에만 목을 매는 이런 수치스런 사고는 이제 벗어날 때가 되지 않았는가.

트럼프의 당선으로 미국의 고립주의와 극우성향은 앞으로 예상해야겠지만, 어두운 일에도 밝은 면이 있듯이, 한국도 위기같이 보이는 이런 환경을 수천 년 역사 이래 작은 나라라고 깔보는 중국과 일본에 기죽지 않고 일어설 수 있는 기회의 시간으로 만들 수 있지 않을까. 트럼프 정부에서 무리하게 미군주둔 비용 분담증가를 요구하면 이렇게 대응하면 어떨까. (사실 말이지 지금 한국의 미군 주둔비 부담수준이 상당하고, 또 생각해보시라. 미국도 주한미군 3만 명을 한국주둔 안 시키면 미 본토에 데리고 온다고 군대유지비용이 안 들어갈 것 같은가. 한국에서 분담해주고 한국에 주둔하는 게 더 경제적일 지 모른다.) 이렇게 얘기하자. 그동안 고마웠지만 이제 우리가 핵보유 준비하는 몇 년 만 지나면 미군을 철수해주면 좋겠다고. 대선후보 트럼프가 얘기했듯이 너무 오래 신세를 져서 미안하니 이제 우리가 핵무기 개발을 단시일에 할테니 당신들도 철수준비를 해 달라. 아시다시피 대한민국의 주적인 바로 옆의 북한이 핵보유를 하고 있으니 한국이 핵 개발하는 것은 핵확산금지조약의 핵개발금지의 예외규정에 의거해서 합리화해주도록 국제사회에 어필해 보려 한다고.

위기가 기회란 말이 여기에서 빛을 발한다. 수천 년 역사에 이가 갈리도록 치욕적인 약소국으로서의 원통했던 나날들. 이제 어쩌다보니 이렇게 되었지만 북한이 핵 개발한 덕분(?)에 한국도 핵 개발할 기회가 생겼지 않은가. 약소국이 중국 같은 큰 이웃에 대항할 길은 핵무기 보유 밖에 없다. 보기 싫지만 북한에게서 배운 결론이다. 핵개발의 결과로 국제사회에서 제재를 받아 당분간의 경제적 어려움을 얘기하는 비겁한 이들에게 경제학도인 필자는 감히 얘기한다. 그것 겁내지 마시라. 그런 제재 설혹 있더라도 얼마 가지 않아서 풀린다. 설령 조금 어려워진대도 자손만대에 자랑스러운 조상으로 칭송받을 것이다. 잠시 참으면 된다.

그런데 지금 차기 대통령이 되고 싶다고 떠들고 다니는 이들 중 줏대 있게 위의 정책들을 국제적으로 추진할 능력과 배짱을 가진 이가 한 명도 보이지 않는 현실이 우리를 슬프게 한다. 천지신명이시여, 한민족을 불쌍히 여겨주시옵소서.

덧붙임6 ●

불확실성의 낙천주의 *The Optimism of Uncertainty*

미국의 역사학자자로 베스트셀러 명저 'A People's History of the United States'를 포함한 20여 권의 저서를 남긴 하워드 진Howard Zinn (1922–2010)의 다음과 같은 말을 우리 모두 명심 불망해야 하리라.

낙천주의자는 우리 시대의 어둠 속에서 마냥 즐겁게 휘파람이나 불고 있는 어리석은 자가 아니다. 어렵고 힘든 시기에도 희망을 갖는다는 건 바보스럽게 낭만적인 게 아니다. 이는 인류역사란 잔혹사일 뿐만 아니라 자비와 희생, 용기와 친절의 역사이기도 하다는 것이다. 이 복합적인 둘 가운데 어느 것을 선택해 강조하는가가 우리의 삶을 결정짓는다. 우리가 최악의 면만을 본다면 뭔가를 할 수 있다는 우리의 능력에 대한 자신감을 잃어버리게 된다. 사람들이 때와 장소를 가리지 않고 장엄하고 훌륭하게 행동한 수많은 사례들을 우리가 기억한다면 우리가 행동할 수 있는 에너지와 최소한 다른 방향으로 세상을 바꿀 수 있는 가능성이 생긴다. 아무리 작게나마 우리가 이렇게 행동한다면 그 어떤 웅대한 유토피아의 미래가 올 것을 기다릴 필요가 없다. 미래란 현재란 순간순간의 무한한 연속일 뿐이고, 우리 주위에서 일어나는 모든 끔직한 일들에도 불구하고 인간으로서 우리가 어떻게 살아야 한다고 생각하는 대로 지금 당장 순간순간 산다면 이런 우리의 삶 자체가 더할 수 없이 보람찬 승리이다. An optimist isn't necessarily a blithe, slightly sappy whistler in the dark of our time. To be hopeful in bad times is not just foolishly romantic. It is based on the fact that human history is a history not only of cruelty but also of compassion, sacrifice, courage, kindness. What we choose to emphasize in this complex history will determine our lives. If we see only the worst, it destroys our capacity to do something. If we remember those times and places-and there are so many-where people have behaved magnificently, this gives us the energy to act, and at least the possibility of sending this spinning top of a world in a different direction. If we do act, in however small a way, we don't have to wait for some grand utopian future. The future is an infinite succession of presents, and to live now as we think human beings should live, in defiance of all that is bad around us, is itself a marvelous victory.

덧붙임7 ● 생명의 신비가 밝혀지다

2016년 10월 12일자 미주판 한국일보 민경훈 논설위원의 칼럼 '죽음과 부활'을 옮겨본다.

인간의 몸에 있는 세포의 수는 37조가 넘는 것으로 추산된다. 우리가 살고 있는 은하계에 있는 별의 수가 1,000억 개에 달하는 것으로 본다면 370개 은하계에 있는 별을 모두 합친 것보다 더 많은 세포가 우리 몸속에 존재하는 셈이다. 오늘 우리 몸과 내일 우리 몸은 똑같은 것 같지만 세포의 수준에서 본다면 그렇지 않다. 하루 평균 500억에서 700억 개의 세포가 죽기 때문이다. 겉으로 보기에는 비슷하지만 실제로는 매일 매일 다른 몸을 가지고 살고 있는 것이다. 인간을 비롯한 모든 고등 생명체의 세포에는 자기 파괴 기능이 장착돼 있다. 때가 되면 세포에 죽음을 알리는 메신저가 찾아온다. 통고를 받은 세포는 스스로 조용히 해체 작업에 들어간다. 이를 의학 용어로 '어퍼토우시스apoptosis'라 부른다. 그리스 말로 '낙엽 따위가 진다'라는 뜻이다. 때가 되면 말없이 떨어지는 낙엽과 닮았다 해서 붙여진 모양이다.

이렇게 해체된 세포는 폐기되는 것이 아니라 새 세포 생성의 원료로 사용된다. 이를 '오토파지autophagy'라고 부른다. 역시 그리스 말로 '스스로 먹는다.'는 뜻이다. 20여 년 전 세포의 자기 식사(자가 포식) 과정을 연구해 독보적인 분야를 개척한 도쿄 테크놀로지 연구소(TIT)의 오스미 요시노리 교수가 올해 노벨 의학상을 받았다. 80년대 말 도쿄대학에 있던 오스미 교수는 손상된 단백질과 세포 안의 소小기관을 제거해 이를 분해한 후 새 세포의 원료로 사용하는 15개 유전자를 발견했다. 낡은 세포를 분해해 새 세포로 만드는 작업은 생명체의 건강을 위해 필수적이다. 이 작업이 제대로 이뤄지지 않을 경우 수많은 문제가 발생한다. 죽을 때가 됐는데 죽지 않고 계속 퍼져 나가는 것이 바로 암세포다. 손상된 단백질이나 세포 노폐물이 제대로 제거되지 않을 때는 기억 상실을 유발하는 알츠하이머병이 찾아온다. 오스미의 자기 식사(자가 포식) 과정에 대한 연구는 백혈병과 알츠하이머, 파킨슨 병 치료약을 개발하는데 결정적인 도움을 줬다.

오스미의 연구는 의약품을 개발하는 것뿐 아니라 생명 현상을 이해하는데도 깊은 통찰을 주고 있다. 죽음은 모든 인간이 두려워하는 것이지만 세포의 차원에서 보면 죽음과 부활은 매일 매일 일어나는 자연스런 현상이다. 인간의 몸에 자기 식사(자가 포식) 기능이 없다면 심장병부터 암까지 온갖 병에 시달리다 일찍 죽는 수밖에 없다. 반면 이를 촉진하는 약이 개발된다면 질병의 공포 없이 건강하게 오래 살 수도 있다. 우주에 존재하는 모든 개체는 '열역학 제2법칙'에서 한 치도 벗어나지 못한다. '엔트로피 증가의 법칙'이라고도 불리는 이 법칙은 어려운 것 같지만 아주 간단하다. '가만 놔두면 무질서는 항상 증가한다.'는 것이 그 내용이다. 어린 자녀가 있는 집은 이 법칙이 얼마나 옳은 지 하루하루 실감하며 살 것이다. 인간을 비롯한 모든 생명체는 시간이 갈수록 낡고 병드는 생로병사의 철칙을 비껴 갈 수 없다. 자기 식사(자가 포식)는 이 과정을 조금 늦춰 보려는 생명체의 시도다. 시간이 돼 개체의 생명이 다 하면 개체는 사라지지만 그 몸을 이루고 있던 물질마저 소멸하는 것은 아니다. 형태만 바뀌었을 뿐 다른 생명체의 먹이가 되고 몸이 돼 다시 부활하는 것이다.

노벨상 수상 소식을 들은 오스미는 인간의 몸은 "늘 자기 해체와 자기 식사(자가 포식) 과정을 되풀이 하며 생성과 분해 사이에는 정교한 균형이 이뤄져 있다. 그것이 바로 인생"이라고 말했다. 이보다 옳은 말은 어디서도 찾기 어렵다. 크게 보면 개개의 인간은 큰 생명나무에 달린 이파리에 불과하다. 때가 되면 낙엽으로 져 나무의 영양분이 되는 것이다. 알프레드 노벨 사망 120주기를 맞아 생명의 진실을 밝힌 오스미에게 축하와 찬사를 보낸다.

아, 이야말로 옛날 옛적부터 우리 동양의 선인들이 일찍 깨달은 피아일체彼我一體와 물아일체物我一體란 진실이 이제야 과학적으로 입증되고 있지 않은가! 이는 다름 아닌 우주 만물이 다 하나같이 코스모스란 무지개를 올라탄 '코스미안'이란 말이리라.

덧붙임8 ●

떨어지는 것에 대하여

2016년 10월 12일자 미주판 중앙일보 칼럼 '떨어지는 것에 대하여' 김은자 시인의 글을 옮겨본다.

나뭇잎이 떨어지는 가을이다. 온 몸을 비워내지 않고서야 어찌 저렇듯 가볍게 떨어질 수 있을까? 가을이면 나뭇잎은 날개 하나 없이 세상에서 가장 가벼운 유영을 한다. 한 치의 망설임이나 미련이 없다. 뚝하고 땅으로 투신하는 모습이 마치 한 마리의 나비가 춤을 추는 것 같기도 하다. 별똥별이 우주를 향해 곤두박질치는 것 같기도 하다. 바람이라도 불면 잎들은 약속이나 한 듯 일제히 우수수 떨어진다. 찬란했던 여름을 향해 아낌없는 갈채를 남기고 홀연히 투신한다. 비루하게 매달려 사느니 이 한 몸 거름이 되겠다는 결단 없이 누가 저토록 비장한 춤을 출 수 있을까. 낙엽은 죽은 것이 아니라 묵념에 든 것이다. 죽음으로 부활을 꿈꾸려는 듯 생각이 깊어진 것이다. 익은 것 중 떨어지지 않는 것이 있던가. 열매도 익으면 떨어지고 꽃도 익으면 떨어진다. 세상 모든 것들은 떨어진다. 떨어지는 것은 익은 것들의 공통분모다. 떨어지지 않는다는 것은 익지 않았다는 증거다. 익었기 때문에 떨어지는 것이고, 떨어졌기 때문에 생명을 꿈 꿀 수 있는 것이다.

이 가을, 나는 잎이 떨어지는 것을 슬퍼하지 않으리라. 낙엽은 짓밟히는 피동사가 아니라 짓밟히기를 염원하는 자동사이기 때문이다. 떨어진 것이 그 증거다. 가을 잎들은 봄을 위해 갈색 융단을 펴 놓고 있다. 사람들은 가까운 겨울도 채 보지 못하고 있는데 먼 봄을 보고 푸른 환희를 누리고 있다. 높은 자리에서 밀려 난 것을 사람들은 낙마라고 부른다. 낙마라는 말에서는 죽음처럼 진한 서글픔이 묻어 나온다. 상처가 느껴지고 다시는 일어나지 못할 도태가 느껴진다. 그러나 떨어진 곳에 꽃을 피우는 씨앗을 보아라. 일어난 곳이 떨어진 곳이다. 떨어지는 것은 시작이다. 일어날 수 있는 도화점이다. 떨어지지 않고 어찌 말을 탈 수 있을까? 말을 타는 사람에게 낙마는 필수다. 떨어지는 것은 승화를 위한 앙상블이다. 이 가을, 나는 떨어진 것들에 귀를 대고 숨소리를 들으리라. 마지막 남은 숨이 아닌 소멸되지 않는 숨을 긴 호흡으로 들으리라. 잎이 떨어지는 것은 버림도, 애써 내려놓음도 아니다. 순리에 순응하여 몸을 내맡긴 것 뿐, 우리가 잃어버린 아날로그다.

한때 우리는 떨어짐을 사랑했다. 떨어지고 일어나는 것에 대한 설레임으로 상처는 푸르렀고 떨어져도 아프지 않았다. 조금씩 단단해지고 냉랭해지더니 우리는 이제 더 이상 떨어지는 것을 받아들이지 못한다. 떨어진다는 것은 이제 죽음이다. 바람이 분다. 우수수 나뭇잎이 떨어진다. 떨어진 것들은 바람에 쓸려 다니다가도 서로의 등에 귀를 대고 무언가를 수런거린다. 마른 잎들이 가끔씩 잠자리처럼 풀썩 날아오르다가도 이내 대지에 입 맞추듯 고요한 기도에 든다. 떨어진 잎을 누가 죽었다고 말했나. 밟으면 바스락, 대답하리라.

덧붙임9 • 삶의 정수 精粹/精髓

영국의 극작가 탐 스토파드Sir Tom Stoppard경이 그의 2002년 작품으로 2007년도 토니 최고 희곡상Tony Award for Best Play을 탄 3부작 '유토피아 해안–항해, 파선 그리고 구조trilogy of plays : The Coast of Utopia-Voyage, Shipwreck and Salvage'에서 삶의 정수를 요약해 밝힌 한마디를 우리 모두 명심하기 위해 인용해 본다.

아이들은 성장하기 때문에 아이의 목적은 크는 것이라고 우리는 생각한다. 그러나 아이의 목적은 아이가 되는 것이다. 자연은 하루살이를 업신여기지 않는다. 하루살이는 자신의 전부를 매 순간에 쏟아 몰입한다. Because children grow up, we think a child's purpose is to grow up. But a child's purpose is to be a child. Nature doesn't disdain what lives only for a day. It pours the whole of itself into each moment.

덧붙임10 ●

우리 모두의 처음, 시원과 기원

우리 모두의 처음 시원과 기원을 망각하지 않기 위해 미국 신경정신과 전문의 '브루스 페리Bruce Perry'의 말을 인용해 본다.

우리 뇌에 있는 뉴론(신경계를 구성하는 신경세포) 대부분은 자궁에서 생겼다. 그리고 평생토록 계속해서 만들어진다. 오늘 2백 개가 생길 수도 있으나 우리가 자궁 속에 있는 동안엔 1초 당 2만 개가 만들어지기도 한다. 뇌의 기초공사는 아이의 첫 이삼 년 동안에 이루어진다. 모든 인간발육의 핵심은 널 제일 먼저 보살펴주는 사람과의 관계이다. 난 정신과 육체가 하나요 같은 거라고 생각한다. 네 마음가짐이 네 몸가짐

생리현상에 반영돼 나타난다. The majority of neurons in your brain were created in the womb. You continue to make neurons throughout life-today you might make two hundred-but there are periods in utero when you make twenty thousand neurons per second. The foundation of the brain's architecture is mostly formed in the first couple of years of life. The heart of all human development is the relationship you have with your primary caregiver. I think of mind and body as one and the same. Your mind-set is reflected in your physiology.

이 말은 생명의 신비란 다름 아닌 사랑이란 뜻이리라.

저자후기 ● 우리 모두 코스모스무지개가 되어보리

미국 작가 로저 로젠블라트의 에세이 '그게 전부인가'의 다음과 같은 결론 부분을 빌어 '어레인보우 시리즈'를 끝맺음하는 저자후기를 대신한다.

"어찌 보면, 모든 글은 에세이 쓰기다. 호러에서 미美를, 결핍에서 숭고함을 발견하려는 끝없는 시도이다. 벌과 상 그리고 사랑을 거부하는 자연적인 모든 인간사에서 처벌하거나 포상하고 사랑하려는 노력 말이다. 이는 아주 힘들고 아무도 알아주지 않는 일로서 마치 신(뭐라 하든 신적인 존재)을 믿는 일과 다르지 않다. 때로는 글을 쓰는 동안 내가 다른 누군가의 디자인에 따라 어떤 하나의 예정된 기획의 일부를 수행하고 있다는 느낌을 갖게 된다. 그 다른 누군가는 신神일 수도 있으리라. 그리고 어느 날 그 동안 내가 한 모든 일들을 돌이켜보면서 생각하리라. 이게 신이 내게 의도한 전부일까. 하지만 그것이 내게 주어진 전부이어라. In a way, all writing is essay writing, an endless attempt at finding beauty in horror, nobility in want-an effort to punish, reward and love all things human that naturally resist punishment, rewards and love. It is an arduous and thankless exercise, not unlike faith in God. Sometimes, when you are in the act of writing, you feel part of a preordained plan, someone else's design. That someone else might as well be God. And then one day you rear back and survey everything you have done, and think, Is this all God had in mind. But it's all you got.-From Author's Note Roger Rosenblatt : Is That All There Is. (The New York Times Book Review, July, 31, 2016)

아, 그래서 이런 말도 있으리라. "언제 어디서든 어떤 일이 일어나려면 온 우주가 공모해야 된다. For anything to happen anytime anywhere, the whole universe has to conspire."

끝으로 금년 말 만으로 여든 살 되는 내 삶을 대변해주는 한 마디를 인용해보리라. 최근 출간된 '예순 : 내 예순 한 번째 해에 쓴 일기장–끝의 시작, 아니면 시작의 끝SIXTY : A Diary of My Sixty-First Year-The Beginning of the End, or the End of the Beginning? By Ian Brown'에서 캐나다 언론인 이안 브라운은 예순 번째 생일에 시작해서 예순 한 번째 생일에 마감하는 그의 일기를 아래와 같은 말로 끝맺는다.

"한 사람이 이렇게 저렇게 어떻게 노력했던 간에 그의 생애란 스스로 형성된다. 하지만 내 삶의 형태가 앞날의 안개 속에서 그 모습을 나타내고 그 모습이 경이로울 수도 있으리라 생각하는 것만으로도 아주 만족스러운(바로 그 말이지) 일이리라. One's life shapes itself, regardless of one's efforts to curve it one way or another. It would still be gratifying (that's the word) to think the shape of my life might emerge out of the future mist, and that it might still be a surprise."

얼핏 20세기 스페인 작가 라몬 고메즈 데 라 세르나Ramo'n Go'mez de la Serna의 말이 생각난다. "알의 날개는 숨겨져 있다. The egg has its wings hidden."

'어레인보우' 시리즈를 끝내면서 꼭 하고 싶은 말은 니체가 말했듯이 나도 "사람들이 책 한 권에서 하는(아니, 하지 않는) 말을 열 문장에서 하는 게 내 야망이다. It is my ambition to say in ten sentences what everyone else says in a whole book-what everyone else does not say in a whole book." 다만 니체와 달리 나는 단 열 줄의 문장이 아니고 한 편, 한 편의 에세이에서 세상 사람들이 두꺼운 책 한 권을 통해서 하는, 아니면 하지 않거나 못하는 소리를 내 가슴 뛰는 대로 거침없이 했을 뿐이다. 그런데 이렇게 정제되지 않고 세련되지 않게 조잡한 우생의 유치한 졸문을 너무도 과분하도록 훌륭하게 편집하고 더할 수 없이 아름답게 디자인해서 세상의 빛을 보게 해주신 전승선 자연과인문 출판사 대표님과 출판사 직원 일동 그리고 이 '어레인보우' 시리즈를 애독해주신 독자 여러분께 진심으로 깊이 감사드린다.

'어레인보우' 시리즈에 실린 에세이들 내용을 짤막한 한마디로 요약한다면 사랑의 이슬방울로 이 지구라는 별에 태어난 우리 모두 사랑의 피와 땀과 눈물방울로 하늘하늘 하늘로 피어올라 코스모스무지개가 되어보리란 것이다. 1993년 노벨문학상을 수상한 미국 작가 토니 모리슨Toni Morrison이 장편소설 '재즈Jazz'에서 증언하듯 말이다. "난 빠지지 않고 사랑으로 올랐노라.I didn't fall in love, I rose in it."라고.

침침한 내 눈앞에 오세영 시인의 시 '우화羽化'가 선명히 떠오른다.

봄,

서가書架를 청소하다가

우연히 뽑아든, 빛바랜 시집 한 권.

먼지를 털고 지면을 열자

팔랑

나비 한 마리가 날아오른다.

작년 늦가을

책갈피에 꽂아 끼워둔

코스모스 꽃잎.

인디고 블루

그 적막한 하늘.

우화羽化, 아, 코스모스 꽃잎 하나가 팔랑 한 마리 나비로 날아오르듯 우리 모두 한 사람 한 사람의 한 숨 한 숨이 아지랑이처럼 아롱아롱 숨차게 피어올라 코스모스 하늘 무지개 되리. 아니, 코스모스무지개 되리!

조병화(1921-2003) 시인도 '헤어지는 연습을 하며 살자'고 하지 않았나.

헤어지는 연습을 하며 사세

떠나는 연습을 하며 사세

아름다운 얼굴, 아름다운 눈
아름다운 입술, 아름다운 목
아름다운 손목
서로 다하지 못하고 시간이 되려니
인생이 그러하거니와
세상에 와서 알아야 할 일은
'떠나는 일' 일세

실로 스스로의 쓸쓸한 투쟁이었으며
스스로의 쓸쓸한 노래였으나

작별을 하는 절차를 배우며 사세
작별을 하는 방법을 배우며 사세
작별을 하는 말을 배우며 사세

아름다운 자연, 아름다운 인생
아름다운 정, 아름다운 말
두고 가는 것을 배우며 사세
떠나는 연습을 하며 사세

인생은 인간들의 옛집

아! 우리 서로 마지막 할
말을 배우며 사세

난 매장보단 화장을 선호하지만 혹시라도 내 묘비명이 하나 세워진다면 이런 말이 새겨지길 희망한다.

코스모스를 사랑했다.
잃어버리고 평생토록
세상천지를 헤매이다
어디에서나 피어있는
코스모스를 발견하고
미소지으며 잠드노라
영원무궁한 코스모스
하늘엄마의 품속으로

끝맺는 말 • 결어 結語

우리 모두 하나같이 부처의 표현대로

소리에 놀라지 않는 사자와 같이
그물에 걸리지 않는 바람과 같이
진흙에 물들지 않는 연꽃과 같이
무소의 뿔처럼 혼자서 가리라

괴테가 그의 나이 24세에 쓰기 시작해 82세에 마쳤다는, 58년에 걸친 그의 희곡 '파우스트'에서 파우스트가 하는 마지막 독백 "오, 머물러라, 너는 정말 아름답구나!"를 나는 내 나이 23세에 시작해 80세에 마치는, 57년에 걸친 나의 신곡神曲이 아닌 인곡人曲인 이 '코스모스 시리즈'를 나의 독백 "아, 코스모스, 넌 정말 아름답구나!"로 끝맺으리라.

초판 1쇄 2016년 12월 28일
지은이 이태상
펴낸이 전승선
펴낸곳 자연과인문
북디자인 신은경
인쇄 대산문화인쇄
출판등록 제300-2007-172호
주소 서울시 종로구 삼일대로 445
전화 02)735-0407
팩스 02)744-0407
홈페이지 http://www.jibook.net
이메일 jibooks@naver.com

ISBN 9791186162224 03810
값 13,000